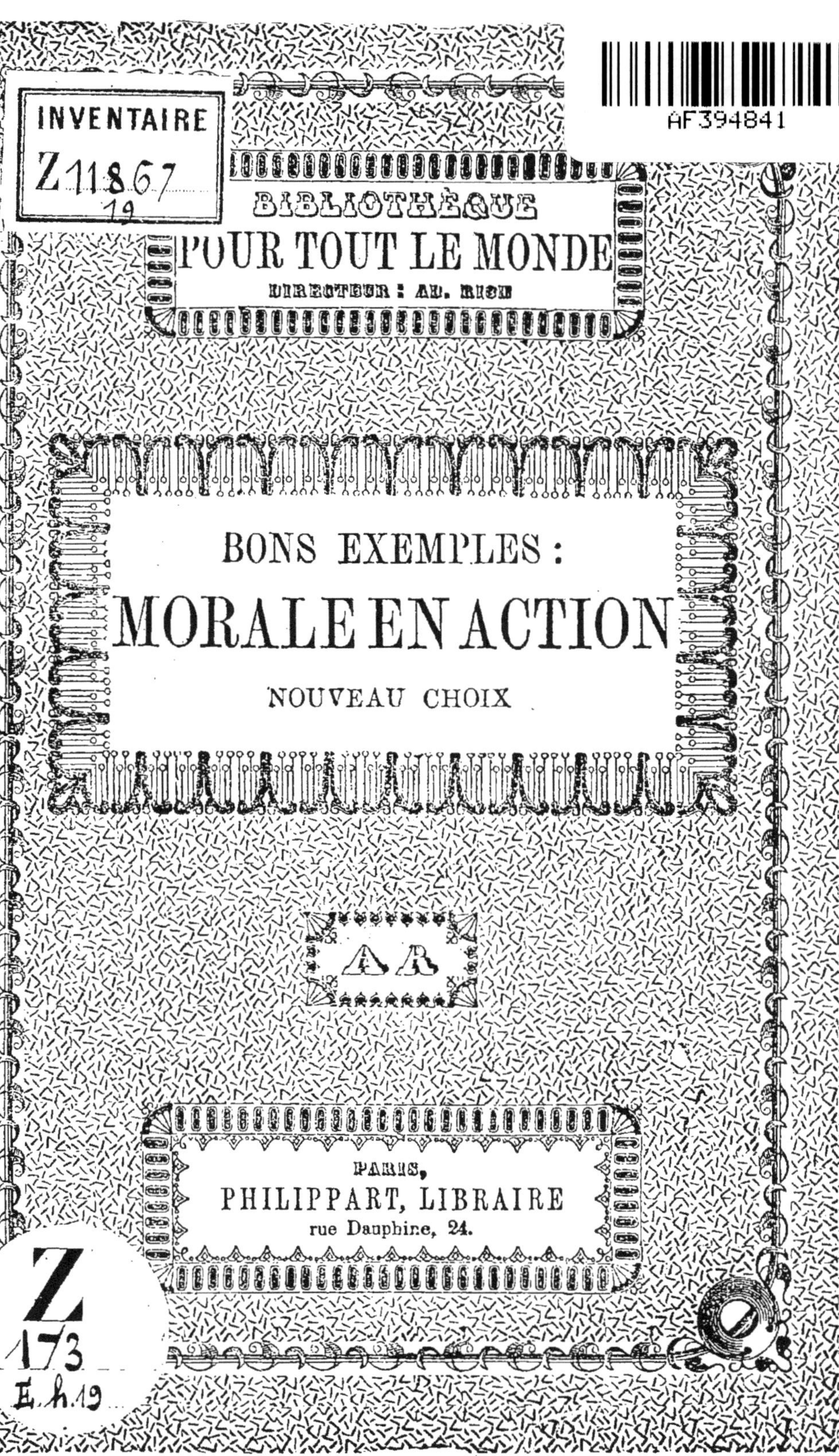

BONS EXEMPLES :

MORALE EN ACTION

NOUVEAU CHOIX

AR

PARIS,
PHILIPPART, LIBRAIRE
rue Dauphine, 24.

MORALE EN ACTION

BONS EXEMPLES

NOUVEAU CHOIX

VERTU. — COURAGE. — PROBITÉ. — TRAVAIL.

DÉSINTÉRESSEMENT. — CHARITÉ. — AMOUR FILIAL.

AMOUR FRATERNEL.

PRIX MONTYON.

A PARIS

CHEZ PHILIPPART, LIBRAIRE

2, BOULEVART MONTMARTRE,

ET CHEZ TOUS LES LIBRAIRES

DE LA FRANCE.

BONS EXEMPLES

MORALE EN ACTION.[1]

LE CARDINAL DE CHEVERUS.

Sur un point des vastes États de l'Amérique, dans une de ces grandes villes démocratiques et commerçantes où l'activité du travail et l'espoir du gain ont transporté tous les arts de l'Europe, se préparait un missionnaire, dévoué bien utilement au bonheur des hommes. Jeté hors de son pays en 1795, un jeune prêtre français avait trouvé à Boston, au milieu du libre concours de toutes les sectes chrétiennes, une église catholique faible et peu nombreuse. Bientôt il l'accroît, il la ranime par l'ardeur de son zèle et sa vertu persuasive ; il est à la fois le plus fervent et le plus tolérant des hommes. Simple et modeste dans ses manières, spirituel, brillant, gracieux par la parole, il charme les protestants américains en leur prêchant l'Évangile dans la langue de leurs pères.

Cet apostolat dans une ville ne suffit pas à sa charité. Aux confins des six États nommés autrefois la Nouvelle-Angleterre, au delà du Connecticut, erraient encore des tribus sauvages, du nombre de celles que l'implacable progrès

[1] La publicité donnée aux bonnes actions est nécessaire au bien général ; notre but, en les faisant paraître à la lumière, est de leur donner des imitateurs et d'encourager la *bonté*, qui n'attend souvent qu'une impulsion pour se fortifier et pour suivre de si touchants exemples.

Il est peut-être plus important qu'on ne le croit de donner par tous les moyens possibles cette heureuse impulsion : *un bon exemple est la meilleure des leçons.*

de la civilisation américaine fait successivement disparaître de la surface du globe. Le jeune prêtre les regarde comme dévolues à sa mission catholique de Boston. S'aidant du jargon d'une vieille esclave sauvage qui parlait un peu l'anglais, il apprend la langue de ces peuplades; puis seul, avec son bâton et son bréviaire, il s'enfonce dans la profondeur des bois, et va chercher des âmes à sauver, des hommes à convertir et à humaniser. Dans cette poursuite il a le bonheur de retrouver quelques restes d'une ancienne *mission* chrétienne. Il les rassemble, il les vivifie de nouveau par l'ardeur d'une charité dont le souvenir ne s'effacera plus dans le cœur oublieux du sauvage. Vivant sous les huttes de ces pauvres tribus, traversant les fleuves dans leurs frêles pirogues, les sauvant, par ses prières et son autorité, de la contagion des marchands qui leur apportaient des liqueurs enflammées de l'Europe, il passa là plusieurs mois à instruire, à consoler, à guérir, et dans la suite il revint souvent visiter son diocèse du désert. Mais il lui fallut alors le quitter pour retourner à Boston : une épidémie de fièvre jaune l'y rappelait. Il accourt, et dans le trouble général, quand les affections de famille, quand le zèle religieux même reculaient effrayés, il est partout l'assistant des abandonnés et le consolateur des mourants.

Que pouvait un titre pour tant de vertus? Rome cependant, qui voyait alors (c'était en 1798) le culte catholique menacé dans une partie de l'Europe, apprit avec une vive joie les miracles de charité qu'un prêtre français exilé suscitait en Amérique, et elle se hâta de l'honorer en le nommant évêque de Boston. Ce titre, sans pouvoir, sans crédit temporel au milieu d'une ville étrangère et dissidente, devint pour M. de Cheverus, comme pour un évêque de l'Église primitive, un instrument de charité universelle, un signe public de conciliation et de paix, au milieu de la division des sectes, envenimée par la division des partis. Dans la rudesse de la liberté américaine, son nom, toujours béni par le pauvre, n'était jamais prononcé qu'avec respect; son secours était partout invoqué; ses dons semblaient inépuisables, tout pauvre qu'il était; sa voix faisait partout élever des églises et des écoles. L'âpreté du zèle sectaire tombait devant sa douceur, et souvent les pasteurs des différents cultes le priaient de prêcher dans leurs temples, comme si sa parole vraiment apostolique fût venue rendre aux chrétiens leur unité première. C'est ainsi qu'il fut occupé près de trente ans en Amérique, étendant son influence depuis Boston jusqu'à Baltimore.

L'Europe avait bien changé dans cet intervalle : elle avait été bouleversée et reconstruite. Le pieux et tolérant évêque de Boston fut rappelé en France, et on lui confia un siége épiscopal. Cette simplicité tout apostolique, cette longue habitude des mœurs d'un État libre, cette indulgence d'un esprit aimable et supérieur, cette piété qui se marquait toujours par des œuvres, tous ces traits du caractère de M. de Cheverus lui gagnèrent les cœurs à Montauban comme à Boston. La division des sectes, qu'une fausse politique avait ranimée, céda sans peine au saint évêque, qui venait en 1825 rapporter dans une de nos villes du Midi la tolérance américaine, avec l'effusion d'âme et la douceur de Fénelon.

Bientôt vint s'offrir à lui une de ces occasions déplorables où la charité, où le dévouement ont besoin d'être immenses comme le malheur. Une inondation désola le département du Tarn, frappa des villages entiers de misère et de désespoir : M. de Cheverus se mêle partout au péril, encourage les travailleurs, assiste les victimes, recueille et nourrit dans sa propre demeure plus de trois cents personnes, pendant que ses démarches actives et sa charité impérieuse obtenaient des secours de toutes parts pour réparer les pertes des deux faubourgs inondés.

M. de Cheverus est appelé du siége épiscopal de Montauban à l'archevêché de Bordeaux ; les dignités de l'État lui sont prodiguées. Sa modération, son humilité, sa tolérance, sa popularité même, n'en éprouvèrent pas la plus légère atteinte ; il resta pour tout le monde bienveillant et respecté.

Cette vie approchait du terme sans se démentir un moment. Lorsqu'il rentra dans Bordeaux avec sa dignité nouvelle de cardinal, un sinistre de mer venait tout récemment d'engloutir quatre-vingts pauvres pêcheurs sortis du port de la Teste. M. de Cheverus, au milieu des acclamations de la foule qui se pressait sur son passage, n'a d'attention et de cœur que pour le désastre qu'il vient d'apprendre ; il tourne en pitié et en aumône tout l'enthousiasme qu'on a pour lui. Les malheureux qui avaient péri laissaient sans ressources leurs veuves, leurs vieux parents et cent soixante et un petits orphelins : c'est là ce qui trouble, ce qui fait pleurer l'archevêque. Il envoie aussitôt, pour porter des secours aux familles désolées, un de ses dignes élèves, celui qui sera plus tard le charitable et courageux évêque d'Alger ; il reste à Bordeaux afin de multiplier les quêtes et les prêcher lui-même. Il célèbre dans sa cathédrale un service solennel pour les pauvres noyés comme pour les grands de la terre. Des dons passagers ne suffisaient pas : dans son ingénieuse charité, il forme au profit des orphelins de la Teste une association durable de tous les enfants des familles aisées de la ville, ayant à leur tête quelques riches orphelins. Par les soins de ces jeunes protecteurs une école est établie dans Bordeaux pour les pauvres pupilles, et l'archevêque soulage ainsi les uns en apprenant aux autres l'exercice éclairé de la bienfaisance et de la vertu.

Ainsi se succèdent incessamment ses bonnes œuvres et ses édifiantes paroles. Fatigué de longs efforts, malade et pressentant sa fin prochaine, M. de Cheverus continua sans interruption de travailler à sa tâche épiscopale, partout inspirant le bien ou le faisant lui-même ; et il ne se reposa que pour mourir, en laissant comme un dernier bienfait l'exemple de ses derniers moments.

AMOUR PATERNEL.

Qui pourrait égaler le dévouement de la tendresse paternelle ! La vie d'un père est un sacrifice continuel pour ses enfants ; c'est pour eux qu'il travaille, pour eux que son front se couvre de sueur ; et pour prix de ses fatigues il ne demande que leur affection et leurs caresses.

Un père de famille était plongé dans la misère : ses enfants, pleurant autour de lui, lui demandaient du pain; mais il ne pouvait leur répondre que par ses larmes et son désespoir. Longtemps il les avait fait vivre du travail de ses mains; alors ils faisaient sa joie, et bondissaient autour de lui dans leurs jeux : mais une longue maladie avait usé ses forces, et ses joies s'étaient changées en amertume.

Un jour, plein de sa douleur, il sort, il s'arrache à la vue et aux cris de ses enfants, et court çà et là, sans savoir où le portent ses pas. Tout à coup une voix frappe ses oreilles : il entend qu'on promet une récompense à celui qui, dans une école de chirurgie voisine, ira se livrer à de jeunes étudiants auxquels on apprend à saigner. Il y vole. Il se présente, et bientôt le sang coule d'un de ses bras. A peine a-t-on bandé la plaie, il offre l'autre bras, et reçoit avec joie une seconde blessure. Saisissant alors l'argent dont on le paie, il court, tout tremblant de plaisir, acheter la nourriture nécessaire à ses enfants, et s'empresse de gagner sa demeure. Il entre, sa jeune famille l'entoure; il les presse sur son cœur, et, joyeux, leur partage le pain qu'il apporte, en jouissant de leur bonheur. Mais hélas! tant d'émotions l'épuisent, la fatigue de ses anciennes maladies se réunit à celle de ses blessures, il tombe évanoui, ses plaies s'ouvrent, et le sang ruisselle. Qui peut peindre la douleur de cette pauvre famille! Quelques personnes accoururent aux cris qu'elle fit entendre; on ranima ce tendre père, on arrêta le sang, et quand on apprit la cause de cet événement tous les cœurs furent émus.

LE FILS DU PRISONNIER.

Dans quelque position qu'il soit, un père ne perd jamais ses droits sur le cœur de son fils. En l'année 1787, à Vienne en Autriche, pendant que les prisonniers de la maison de force remplissaient les travaux humiliants auxquels ils sont condamnés et balayaient les rues de la ville, un jeune homme s'approcha de l'un d'eux et lui baisa tendrement la main. Dans ce moment, le baron de C......, conseiller d'État était à sa fenêtre ; il aperçut cette action, fit appeler ce jeune homme, et lui dit qu'on ne baisait pas la main d'un prisonnier de la Force. « Eh ! répondit le jeune homme en versant des larmes, *si ce prisonnier est mon père.....* » A ces mots le conseiller fut attendri ; il admira la tendresse filiale de ce bon jeune homme et en fit rapport à l'empereur, qui sur-le-champ ordonna d'inscrire le fils pour le premier emploi vacant. Le baron de C...... voulut ajouter à ce bienfait, et il lui constitua de sa bourse une pension de dix florins par mois. Au bas de l'acte de donation il fit écrire ces mots : *C'est en reconnaissance des larmes d'attendrissement et de plaisir que votre tendresse filiale a fait couler de mes yeux.*

LE FORGERON.

Le pauvre lui-même peut goûter le bonheur de faire le bien.

M. C..., passant vers minuit devant l'atelier d'un pauvre forgeron, entendit les coups redoublés de l'enclume. Il entra, voulut savoir quel motif le retenait ainsi à l'ouvrage jusqu'au milieu de la nuit.

« Ce n'est pas pour moi que je travaille, lui dit le forgeron ; c'est pour Pierre, mon voisin : le malheureux a été incendié, il est sur la paille avec ses enfants ; sa misère me fait pitié. Je me lève deux heures plus tôt, je me couche deux heures plus tard, cela fait deux journées par semaine dont je puis lui céder le produit : ce n'est que quelques coups de marteau de plus à donner. Si je possédais quelque chose, je le partagerais avec lui ; mais je n'ai que mon enclume, et je ne puis pas la vendre, car c'est elle qui me fait vivre. Dieu merci ! la besogne ne manque pas dans cette saison, et quand on a des bras il faut bien les faire servir à secourir son prochain. — C'est fort bien, répondit M. C... ; mais croyez-vous que votre voisin Pierre sera jamais en état de vous rendre ce que vous lui donnez ? — Oh ! peut-être bien que non, je le crains plus pour lui que pour moi, mais que voulez-vous? chaque jour apporte sa peine; au total, je n'en serai pas plus pauvre, et ces malheureux enfants ne seront pas morts de faim. Il faut bien s'aider l'un l'autre; si c'était ma maison qui eût brûlé, je serais bien aise qu'il en fît autant pour moi. »

LA PAUVRE VEUVE.

Le père et la mère de huit enfants en bas âge venaient de mourir de la même maladie : c'était une douleur générale dans le quartier; chacun prenait en pitié ces malheureux orphelins, et ils étaient abandonnés à la charité publique. Une pauvre femme du voisinage, veuve, infirme, chargée elle-même de quatre enfants, n'hésita pas à recueillir un de ces orphelins, âgé de dix-huit mois, et dont la faiblesse exigeait des soins plus pénibles et plus assidus; elle le prit dans sa maison, le confondit avec ses enfants, et le soigna comme elle les soignait eux-mêmes. Quelqu'un lui en témoigna sa surprise. « Je ne craignais, répondit cette digne femme avec simplicité, que pour mes infirmités; mais Dieu mesure les forces au fardeau : il me semble qu'il m'ait bénie en faveur de ma nouvelle charge, et qu'il m'ait rendu un peu de santé. »

LES HABITANTS DE VILLIERS-LES-MOINES.

Il se faut entr'aider, c'est une loi commune à tous. Il est odieux de voir ces hommes qui ne vivent que pour eux, et qui dans leur égoïsme n'ont jamais pensé combien il leur en coûterait peu pour soulager leurs semblables. Des secours mutuels entretiennent entre les hommes cette affection qui contribue si bien au bonheur de la vie, et celui qui a aidé les autres dans leurs afflictions peut espérer qu'à son tour on le soutiendra dans les siennes.

Jean Loizelet et sa femme étaient laboureurs à Villiers-les-Moines. Ils avaient cinq enfants en bas âge, et gardaient auprès d'eux leur mère, vieille, infirme et entièrement privée de la vue. C'était beaucoup; mais enfin avec le travail de ses bras Jean Loizelet pouvait les soutenir, et il ne manquait pas de pain tant que la récolte ne manquait pas à ses champs.

La moisson approchait, lorsque Jean Loizelet et sa femme furent tous deux atteints d'une fièvre putride. Après de longues inquiétudes le mari releva de maladie; mais il était faible, languissant et hors d'état de travailler. Sa femme était toujours dans le plus grand danger, et le curé de la paroisse venait lui administrer les secours et les consolations de la religion.

Dans ce moment le malheureux Loizelet, au milieu de sa mère aveugle, de ses enfants qui pleuraient, et près du lit de sa femme mourante, ne put retenir ses exclamations douloureuses. « Que vais-je devenir? s'écria-t-il; voici le temps de la moisson; ma femme va mourir, je ne puis travailler; mes grains, la nourriture de mes enfants, le pain de l'hiver, tout est perdu! Que faire? Où trouver du secours? » En effet, c'est l'usage dans ce pays, comme dans beaucoup d'autres, que lorsque la moisson est ouverte presque tous les habitants soient gagés et aillent travailler ailleurs.

Le curé, voyant ce spectacle de désolation, en fut attendri; il fit aussitôt annoncer que le lendemain, dimanche, il dirait la messe entre quatre et cinq heures du matin; et après l'office, étant monté en chaire au milieu de ses paroissiens, il leur exposa la malheureuse situation de Loizelet et les exhorta à lui prêter secours. Les vêpres dites aussitôt après la messe, et tout en sortant de l'église, soixante personnes de la paroisse se mirent à l'instant à l'ouvrage : les uns moissonnaient, d'autres préparaient des liens, ceux-ci liaient les gerbes, ceux-là les transportaient à la grange dans des voitures, d'autres les entassaient, et enfin à sept heures du soir vingt arpents de froment épars sur tout le territoire de la paroisse étaient moissonnés et engrangés. Tous les ouvriers promirent de donner le même secours à la moisson des orges et à celle des avoines, et il fut d'autant

plus nécessaire, que le malheureux Loizelet, ayant perdu
sa femme, était retombé malade et se trouvait dans le plus
grand danger.

LE FERMIER GÉNÉREUX.

Secourons d'abord les malheureux ; plaignons-les, nous
les blâmerons ensuite s'ils ont pu le mériter.

L'hiver de 1777 avait été rigoureux ; le froid avait aug-
menté la misère des pauvres. Un fermier de la paroisse
de...... revenait du moulin, monté sur un cheval qui portait
sa farine, et s'était engagé dans le détour d'un chemin étroit.
Tout à coup un homme qu'il reconnaît pour un de ses voisins s'élance sur lui, le menace, et, le bâton levé, lui demande sa farine. Le fermier était fort et vigoureux ; il s'é-
lance de son cheval, saisit l'assaillant, le terrasse et lui dit :
« Malheureux ! il ne tiendrait qu'à moi de t'assommer. —
Assomme, répond l'autre, ou donne ta farine ; car je meurs
de faim, moi, ma femme et mes enfants. — Tu meurs de
faim ? dit le fermier, c'est une autre affaire ; mais je ne veux
pas que tu sois un voleur : prends le sac, il est à toi, je vais
t'aider à le charger ; va-t'en, et ne dis rien. »

Cependant le cheval, débarrassé de son fardeau et se
sentant près de la ferme, s'était échappé et était arrivé
avant son maître. La fermière s'étonne, bientôt elle s'in-
quiète, les valets s'assemblent, et on court au-devant du
fermier. On le rencontre à cent pas de là qui revenait
tranquillement, rêvant à son aventure. Sa femme l'interroge : « Pourquoi le cheval?... — Tais-toi... — Et la farine?... — Tais-toi, te dis-je. » Puis quand ils furent seuls
il lui raconta ce qui lui était arrivé. « Le malheureux ! dit-il,
je l'ai toujours connu honnête homme ; il fallait qu'il fût
bien pressé par la faim pour s'attaquer à moi, qui suis
beaucoup plus fort que lui ; les temps sont durs, l'hiver est
long, et il a cinq enfants. » La femme fut attendrie, et étant
arrivée au logis elle prit un pain, le cacha dans son ta-
blier et dit à son mari : « Puisqu'ils ont si faim, ils ne

pourront pas attendre que la pâte soit levée et le pain cuit.»
Et en même temps elle se mit à courir, se dirigeant vers la
demeure de cette pauvre famille.

Elle la trouva dans la désolation : le mari, honteux, ver-
sait des larmes et contemplait avec déchirement le fruit de
son crime. La mère était dans l'abattement, et les enfants
criaient. A la vue de la fermière, ils crurent qu'elle allait
les accabler de reproches et se jetèrent à ses genoux; mais
elle, leur montrant le pain qu'elle apportait, le partagea
entre les enfants; elle les consola, et se retira ensuite le
cœur ému de ce spectacle.

Ainsi des malheureux furent rendus à la vie : ils furent
aussi rendus à l'honneur; car un silence charitable fit ren-
trer en lui-même ce père de famille un instant égaré.

M. D'APCHON.

Souvent le bienfaiteur donne plus de prix au bienfait en
paraissant y en attacher moins, et rien n'annonce mieux
la bonté de celui qui donne que ses ménagements pour la
délicatesse ou la fierté de celui qui reçoit.

M. d'Apchon, archevêque d'Auch, était un prélat charitable; il n'entrait dans la maison du pauvre que pour y
verser ses bienfaits; les malheureux étaient ses enfants, et
des bénédictions sortaient pour lui de toutes les chaumiè-
res.... Il apprit un jour que deux demoiselles étaient réduites à une extrême indigence, vivant dans un humble
réduit, trouvant à peine à se nourrir par le travail de leurs
mains, mais ne voulant pas faire connaître la situation pé-
nible où elles se trouvaient. L'archevêque fut touché de
leur sort, et ne sachant comment faire parvenir des secours jusqu'à elles sans blesser leur délicatesse, il alla les
visiter sous un prétexte plausible. Tandis qu'il conversait
avec elles, ses regards tombèrent tout à coup sur un vieux
tableau noirci par le temps, suspendu dans leur apparte-
ment. Aussitôt il s'en approche, regarde, et, feignant une

grande admiration, il s'extasie sur le mérite de ce tableau, s'écriant qu'il est de la main d'un grand maître, que c'est un morceau de peinture remarquable et d'un grand prix pour les connaisseurs. « Nous ignorons, monseigneur, répondirent naïvement les demoiselles, quel est l'auteur de ce tableau ; tout ce que nous savons, c'est que depuis longtemps il est dans la famille, et que jamais on n'a paru en faire beaucoup de cas. » A ces mots le prélat s'étonne de nouveau ; il admire comment les plus belles choses sont souvent méconnues, et enfin il exprime combien il serait heureux si ce tableau lui appartenait, à quelque prix que ce fût.

Les bonnes demoiselles, se voyant plus riches qu'elles ne le pensaient, crurent devoir faire à leur archevêque le don de ce tableau : elles le lui offrirent ; mais lui, déclarant qu'il ne voulait pas recevoir un objet d'une si grande valeur, protesta qu'il ne l'accepterait qu'à condition qu'on lui permettrait d'en payer le prix. Il fallut bien y consentir, et, quelques jours après, le prélat, qui était riche, mais qui pensait qu'il n'avait reçu de Dieu ses richesses qu'à condition de les partager avec les malheureux, envoya aux pauvres demoiselles une somme d'argent qui les mettait pour longtemps à l'abri du besoin, protestant qu'il leur était très-obligé, et qu'il les remerciait beaucoup de la bonté qu'elles avaient eue de lui céder le tableau.

Ce tableau n'avait point de valeur ; mais toutes les fois que le bon archevêque le regardait, ne devait-il pas éprouver au fond du cœur un plaisir bien plus vif que celui que lui auraient causé les peintures les plus belles !

PIERRE GUILLOT.

Prix Montyon.

Le 15 septembre 1857, le bateau à vapeur *le Vulcain* descendait vers Nantes. Une catastrophe qui fit un grand nombre de victimes arrêta sa course. Le bruit public avait appris aux magistrats qu'au milieu de tous les malheurs s'était rencontré un rare dévouement; on ne savait rien de plus. Il a fallu qu'une Compagnie qui recherche elle aussi les bonnes actions pour les récompenser en les honorant, la Société industrielle de Nantes, se livrât à une minutieuse enquête, fît subir de véritables interrogatoires, et employât pour découvrir la vertu les ressorts jusqu'à présent mis en œuvre contre le crime. Voici ce qu'elle a trouvé :

Arrivé près d'Ingrande, *le Vulcain* s'était approché de terre pour embarquer des voyageurs. Dans ce mouvement il touche, ses roues s'embarrassent, sa chaudière se déchire, et la vapeur épanche de tous côtés son flot brûlant. Un marinier que ce flot redoutable atteint et blesse sur le pont, pense aussitôt à cinq enfants avec lesquels, une minute auparavant, il jouait dans la salle commune. Ce brave homme, qui s'appelle Pierre Guillot, n'a pas d'enfants, mais il aime les enfants. Il avait entendu ceux-là pleurer, et il était allé naturellement aider leur bonne et leur mère à les consoler. Il les tenait sur ses genoux quand la secousse fatale l'avait rappelé précipitamment à son poste. Les infortunés vont périr... Il veut retourner à eux : l'escalier, envahi, avait disparu dans l'eau qui brûle, dans la vapeur qui asphyxie et qui dévore. Vainement il met ses mains sur sa figure : avancer d'un pas est impossible. Et cependant, comme il l'a répété dans son interrogatoire, il y avait là une mère et cinq enfants qui allaient être brûlés tout vivants!... « Cette idée-là, dit-il, me tue. »

Il va aux sabords, se penche, et aperçoit la mère. Vous l'auriez vu se suspendre de son pied brûlé à la rampe du bâtiment, et d'un bras robuste enlever cette infortunée, mais sans la sauver : elle était frappée à mort. Il revient, voit la servante, et veut la saisir... Elle le repousse : « Non, non! s'écrie-t-elle à moitié calcinée, sauvez mes enfants! » Vous pensez que c'est là le trait sublime auquel les palmes s'adressent?... Hélas! non : le sacrifice a été consommé. Comme le constata la Société industrielle de Nantes, c'est de Dieu que cette admirable fille était allée recevoir sa couronne.

Nous tous, qui appelons près de nos enfants d'autres soins à notre aide, ne sentons-nous pas qu'on respire en apprenant qu'il y a là des affections égales aux nôtres, une sollicitude que ne paiera aucun salaire, des cœurs d'où pourrait s'échapper ce cri : « Sauvez, sauvez mes enfants? »

Qu'étaient-ils devenus, en effet?... Faut-il vous dire qu'ils étaient aussi les enfants adoptifs de Guillot? Il s'est élancé par le sabord, il a plongé dans la fournaise ardente; il y a fait deux voyages. Les cinq enfants sont rendus à la lumière, leur bonne l'est à son tour; mais Dieu n'a pas fait de miracle : trois enfants sont morts avec leur bonne et leur mère; deux seulement vivront.

FONDATION DES HOSPICES POUR LES ENFANTS TROUVÉS,

PAR SAINT VINCENT DE PAUL [1].

> « Les pauvres enfants que leurs parents avaient abandonnés sont adoptés par la Charité. »

Ce fut en 1648 que saint Vincent de Paul, cet apôtre de la charité chrétienne, fonda le premier hospice pour les enfants trouvés.

La ville de Paris, dont l'immense étendue renferme près d'un million d'habitants, réunit dans son sein toutes les extrémités : le luxe et les richesses y marchent à côté de la misère et de l'indigence; les vertus les plus sublimes s'y rencontrent avec les vices les plus honteux. Le désordre des mœurs et quelquefois la pauvreté font abandonner chaque année une foule d'enfants qui, du temps du saint prêtre, perdaient la vie avant que de l'avoir connue, ou ne la connaissaient que pour en éprouver toutes les rigueurs. On les exposait ou à la porte des églises ou dans les places publiques. L'unique bien qu'on leur fît était de les faire enlever par un commissaire du Châtelet. On les portait chez une veuve de la rue Saint-Landry, qui avec deux ser-

---

[1] Extrait de la vie de saint Vincent de Paul.

vantes se chargeait du soin de leur nourriture ; mais comme le nombre de ces enfants était grand et que les charités étaient médiocres, cette veuve, faute d'un revenu suffisant, ne pouvait ni entretenir assez de nourrices pour les allaiter, ni élever ceux qui étaient sevrés. Aussi la plupart de ces pauvres enfants mouraient de langueur. Souvent même les servantes, afin de se délivrer de l'importunité de leurs cris, leur faisaient prendre pour les endormir un breuvage qui abrégeait leurs jours. Ceux qui échappaient à ce danger étaient ou donnés à qui les voulait prendre, ou vendus à si bas prix, qu'il y en eut pour lesquels on ne paya que vingt sous. Ce qui était plus déplorable c'est que ceux qui n'avaient pas reçu le baptême mouraient sans le recevoir. La veuve de la rue Saint-Landry avoua qu'elle n'en avait jamais ni baptisé ni fait baptiser aucun.

La malheureuse situation de ces enfants trouvés toucha sensiblement le cœur de saint Vincent. La difficulté était d'y porter remède : la charité du saint l'entreprit, et ses pieux efforts furent couronnés de succès. Il pria d'abord quelques dames de son assemblée d'aller en la maison de *la Couche* (c'est le nom de celle qu'occupait la veuve), et de voir si l'on ne pourrait point arrêter ou du moins diminuer un aussi grand mal. Ces dames furent tellement effrayées du spectacle qu'offrit à leurs yeux cette multitude d'enfants presque abandonnés, que, ne pouvant se charger de tous, elles voulurent au moins se charger de quelquesuns pour leur sauver la vie, et elles en tirèrent douze au sort. On loua en 1638 une maison à la porte Saint-Victor pour les loger, et Mlle Le Gras, qui vouait sa vie aux bonnes œuvres, en prit soin avec les filles de la charité. On essaya d'abord de les nourrir avec du lait de chèvre et de vache ; mais dans la suite on leur donna des nourrices. Aux premiers enfants ces vertueuses dames en joignaient peu à peu quelques autres, selon les moyens qu'elles avaient. La différence qui se trouvait bientôt entre ceux de la porte Saint-Victor et ceux qui restaient à la Couche attendrissait en faveur de ces derniers ; mais il n'était pas possible de les adopter tous. Cependant saint Vincent priait Dieu et le faisait prier de lui manifester ses desseins, d'ouvrir le trésor de sa miséricorde, et de faciliter le succès d'une entreprise qui paraissait encore plus nécessaire qu'elle n'était difficile.

Enfin, après bien des prières, car c'était toujours par là que saint Vincent voulait que l'on commençât, après bien des conférences, on tint en 1640 une assemblée générale. Le saint y exposa d'une manière si pathétique le besoin de ces innocentes créatures, la gloire qui reviendrait à Dieu de l'éducation chrétienne qu'on leur pourrait donner, la bénédiction et les récompenses qui suivraient une si bonne œuvre, que toutes les dames qui étaient présentes formèrent la résolution de se charger du soin de ces pauvres enfants. Le serviteur de Dieu applaudit à ce généreux dessein ; mais comme il était aussi prudent que zélé, il voulut qu'on n'entreprît rien que par manière d'essai.

Pour diminuer la dépense, outre l'argent qu'il fournissait lui-même selon sa coutume, il représenta à Anne d'Autriche l'extrême nécessité des enfants exposés, et cette princesse obtint du roi douze mille livres de rente. Avec ce secours l'établissement se soutint pendant quelques années ; mais le nombre de ces enfants, qui croissait tous les jours, et dont l'entretien allait au delà de quarante mille livres ; la crainte d'une révolution dans l'État, que les factions commençaient à faire entrevoir, amortirent le courage des dames de la charité ; elles dirent hautement qu'une si excessive dépense dépassait leurs forces, et qu'elles ne pouvaient plus la soutenir. Ce fut pour prendre un dernier parti que saint Vincent indiqua, en 1648, une assemblée générale. Les dames les plus illustres de la ville et de la cour s'y trouvèrent. Le saint y mit en délibération si l'on continuerait la bonne œuvre qu'on avait commencée, et, après avoir fait valoir toutes les raisons que sa pieuse charité lui suggérait, n'étant plus maître de ses moyens, et prenant un ton plus tendre et plus animé, il conclut en ces termes : « Mesdames, la compassion et la charité vous ont fait adopter ces petites créatures pour vos enfants; vous avez été leurs mères selon la grâce depuis que leurs mères selon la nature les ont abandonnées : voyez maintenant si vous voulez aussi les abandonner... Cessez d'être leurs mères pour devenir à présent leurs juges : leur vie et leur mort sont entre vos mains... Je m'en vais prendre les voix et les suffrages... Il est temps de prononcer leur arrêt, et de savoir si vous ne voulez plus avoir de miséricorde pour eux. Ils vivront si vous continuez d'en prendre un charitable soin, et au contraire ils mourront et périront infailliblement si vous les abandonnez : l'expérience ne nous permet pas d'en douter. »

A ces paroles l'assemblée ne répondit que par des larmes : l'onction de l'Esprit saint s'était insinuée dans tous les cœurs. Il fut arrêté à l'unanimité qu'à quelque prix que ce fût on continuerait ce qu'on avait si bien commencé. En conséquence on demanda et l'on obtint du roi les bâtiments de Bicêtre, ancien château qui avait été construit sous le règne de Charles V, et qui sous Louis XIII servait d'hôpital aux soldats invalides. On y transporta les enfants sevrés; mais comme on reconnut bientôt que l'air y était trop vif pour eux, on les ramena à Paris, dans le faubourg de Saint-Lazare, où dix ou douze filles de la charité se chargèrent de leur éducation. On leur acheta dans la suite deux maisons, l'une dans le faubourg Saint-Antoine, l'autre devant l'Hôtel-Dieu. La libéralité de Louis XIV augmenta plus tard leurs revenus.

Aujourd'hui les enfants trouvés sont recueillis en France dans plus de cent hospices, et y reçoivent les soins les plus tendres des sœurs de la charité, dont l'institution est due au même saint. Chaque année un grand nombre y sont admis, et environ cent cinquante mille sont élevés et placés aux frais de ces établissements.

Le temps, qui efface peu à peu le souvenir des bienfaits ordinaires, n'altérera jamais dans les enfants exposés la mémoire du service signalé que saint Vincent de Paul leur a rendu. Que leurs langues bégayantes ne se dénouent que pour chanter son nom et sa gloire, et que, sensibles à l'éducation chrétienne que leur donnent ces saintes filles

qui continuent l'œuvre de saint Vincent, ils s'écrient d'âge
en âge avec un prophète : « Ceux qui m'ont donné la vie
m'ont abandonné... J'allais subir le sort rigoureux que
tant d'autres avaient subi avant moi ; mais Dieu, par l'en-
tremise d'un serviteur charitable, m'a pris sous sa protection, et sa main libérale m'a beaucoup plus donné que je
n'avais perdu ! »

LES TROIS FRÈRES CONTÉ.

Prix Montyon.

Bien des hommes jouissent de l'estime publique et de
hautes récompenses, qui sont fort loin de les mériter autant
que les hommes simples et courageux dont nous allons
raconter brièvement les belles actions : ce sont trois frères
animés au même degré de la passion du dévouement. Leur
nom est Conté; le théâtre de leurs travaux, Cahors; le
fleuve, ou plutôt le torrent contre lequel ils passent leur vie
à lutter, le Lot. Depuis douze ans qu'ils habitaient sur le
port, ils avaient déjà retiré des flots, *isolément*, vingt-six
personnes, dont vingt-quatre vivantes, lorsque, pendant
l'enquête, une vingt-septième dut la vie à leur courage.
Mais ce n'est pas tout : une barque montée par six
hommes, dont aucun ne savait nager, va se briser contre
une pile du pont. Le courant les emporte sur quelques
débris et les jette contre la chaussée, où un accident les
tient un moment suspendus au-dessus d'une chute profonde. Nul secours n'est possible : tous les bateliers ac-
courus renoncent à rien tenter... Mais voilà que deux des
Conté arrivent. Ils s'élancent dans leur bachot, franchis-
sent audacieusement la chute, vont recevoir deux des ma-
riniers que le flot emportait, reviennent disputer les quatre
autres au torrent, et les sauvent avec un bonheur qui tient
du miracle comme leur courage.

L'aîné, qui est teinturier, travaillait, couvert de sueur,
parmi les chaudières bouillantes. On crie que le jeune
Lartigue se noie... (Le jeune Lartigue est fils d'un ennemi

du père des Conté.) Vous pensez bien que Conté s'élance. Il se blesse le pied sur le rivage; mais il peut marcher encore... Il arrive, poursuit dans le courant rapide le jeune Lartigue, le saisit, le perd, le retrouve, et, fatigué du fardeau après cette longue lutte, il est entraîné à son tour. Par bonheur, un autre des Conté est arrivé... A qui va-t-il d'abord?... au jeune Lartigue : et tous deux sont sauvés.

Une autre fois, le Lot s'enfle pendant la nuit, franchit toutes ses barrières, envahit un quartier populeux, et, grossissant toujours, laisse voir au lever du soleil la foule des malheureux qui se sont réfugiés d'étage en étage sur les toits de leurs maisons, et qui n'ont plus d'asile. L'aîné des Conté était à l'armée; mais ils sont toujours deux pour se dévouer, car le troisième a treize ans maintenant : il peut imiter les deux autres. Il le fait. Le torrent était furieux. Les deux intrépides bateliers lui disputaient une à une toutes ses victimes. Plus de soixante lui sont arrachées par eux; ils ne se retirent que quand la tâche est finie, épuisés de fatigue, saisis déjà par une fièvre brûlante qui pendant deux mois entiers fait craindre pour leur vie. Sur ces entrefaites on crie qu'une vieille mendiante de soixante et dix ans est tombée dans le Lot. L'un des Conté l'a entendu, et déjà l'intrépide jeune homme, oubliant sa vie menacée, est allé redemander aux flots quelques jours que la pauvre vieille femme pouvait encore passer sur la terre.

LA SOEUR MARTHE.

Anne Biget naquit à Thoraise, joli village situé sur les rives du Doubs, à peu de distance de Besançon. Elle montrait dès son enfance un naturel affectueux et compatissant, qui la faisait chérir de tous ceux qui l'approchaient. Un jour, portant de petits gâteaux à ses sœurs, qui étaient en pension à Besançon, elle les donna tous à de pauvres prisonniers qu'elle rencontra sur le pont de la ville. Quand le moment vint de choisir un état, elle se fit recevoir sœur

converse au couvent de la Visitation. C'est dans l'exercice
de ces fonctions que sœur Marthe reçut le nom de religion
qu'elle devait rendre si cher à la reconnaissance publique
Dès les premiers temps de son entrée au couvent elle
ajoutait déjà des œuvres de surérogation à l'observance de
la règle. L'archevêque de Besançon (Durfort) lui avait permis de visiter les prisonniers, qu'elle appelait ses amis.
Elle leur consacra tous ses soins quand la révolution eut
détruit l'ordre de religieuses auquel elle appartenait. Sœur
Marthe vivait à Besançon de la modique pension d'ancienne religieuse, s'élevant à trois cent trente-trois francs,
et était propriétaire d'une petite maison. C'était avec de si
faibles ressources que cette femme charitable était devenue
une providence pour les pauvres. Sa demeure était le ren-
dez-vous des vieillards, des enfants et des malades de la
classe indigente; elle leur distribuait des aumônes et des
aliments : ils trouvaient dans la sœur Marthe une infati-
gable pourvoyeuse. Elle se multipliait pour secourir, et sa
charité ne se rebutait d'aucun obstacle; elle allait quê-
tant pour les pauvres dans toutes les maisons; et telle
était la vénération qu'elle inspirait, qu'on eût rougi de ne
pas s'associer par quelque offrande à son admirable charité. Ses soins ne se bornaient pas aux seuls pauvres de
la ville : sœur Marthe allait dans les villages environnants
visiter, consoler et soigner les malades; elle leur fournissait des médicaments, et préparait les boissons qui leur
étaient ordonnées; elle bravait toutes les fatigues : ni l'ardeur de l'été, ni la rigueur de l'hiver, ne pouvaient ralentir
son zèle. Quelle que fût l'intensité du froid, jamais elle
n'allumait du feu pour elle : cette dépense eût été un tort
fait à ses malheureux, disait-elle. Sa seule nourriture fut,
pendant onze ans, du pain le plus grossier et du lait. Cette
frugalité extrême lui permettait de faire plus de bien.

Lors d'un incendie qui réduisit en cendres la moitié
d'un hameau près de Besançon, la sœur Marthe fut des
premières à se rendre sur ce théâtre de désolation. Son
exemple, plus puissant encore que ses exhortations, exci-
tant et soutenant le courage des travailleurs, contribua

puissamment à arrêter les progrès du feu ; et sa présence d'esprit sauva une partie des habitations. Une chaumière en proie aux flammes était habitée par une femme nommée Catherine Simon, nourrice de deux enfants ; et l'incendie avait si promptement et si complétement enveloppé cette demeure, que la malheureuse nourrice n'avait pu se soustraire par la fuite au sort affreux qui la menaçait. Sa perte et celle de deux petits enfants paraissait inévitable : personne n'osait se hasarder à essayer de leur porter quelque secours. Sœur Marthe, témoin de cette scène déchirante, priait, suppliait, menaçait même ; mais c'était en vain. Elle offrait tout ce qu'elle possédait, et même jusqu'à sa croix d'or, à celui qui tenterait de sauver ces trois victimes. Enfin ne comptant plus que sur son propre courage, et sans calculer le danger, sœur Marthe, malgré son âge, s'élance au milieu des débris enflammés, et, comme protégée par un prodige de la Providence, sans autre accident que quelques brûlures aux mains et au visage, elle parvient à arracher aux flammes la pauvre femme et les deux enfants.

Ce fut deux années après cet incendie que la sœur Marthe, étant allée cueillir des plantes sur les bords du Doubs, entendit non loin d'elle le bruit sourd que produit la chute d'un corps dans une eau profonde. Elle se retourna, et aperçut un jeune garçon âgé de neuf ans, Adrien Ledieu, fils d'un pauvre berger, qui venait de tomber dans la rivière, et qui était déjà entraîné par le courant. Sans calculer le péril auquel elle s'exposait elle-même, ne sachant point nager, la courageuse femme se précipita après l'infortuné, et parvint par les plus pénibles efforts, et après avoir couru elle-même le plus grand danger, à sauver la vie à cet enfant.

Les soldats étrangers que le sort des armes avait rendus nos prisonniers ne pouvaient manquer d'exciter la pieuse sollicitude de la sœur Marthe. En 1809, six cents prisonniers espagnols furent amenés à Besançon. Ces malheureux étaient dans un état affreux ; beaucoup d'entre eux étaient blessés ou malades, et tous étaient presque nus.

La sœur Marthe voit s'augmenter le nombre des infortunés qu'elle soulageait, sans s'effrayer du surcroît de peines que va lui imposer la noble tâche qu'elle a entreprise. À l'âge de soixante-deux ans, il semble que la charité lui a donné des forces nouvelles : son activité en est redoublée. Elle invente, elle crée des ressources pour prodiguer à ces pauvres étrangers les soins les plus touchants ; elle pourvoit à leurs besoins les plus urgents, et les soigne dans leurs maladies. Lorsque les prisonniers avaient quelque réclamation ou quelque demande à faire au commandant de la place, la sœur Marthe était toujours un gage assuré du succès. Ce général dit un jour à la sœur Marthe : « Vous allez être bien affligée, ma sœur... ; voilà vos bons amis les Espagnols qui vont quitter Besançon. — Oui, répondit-elle ; mais on dit qu'on amènera les Anglais... Ils seront aussi mes amis, puisqu'ils sont malheureux. »

Les déplorables années 1813 et 1814 mirent à de nouvelles épreuves la charité courageuse de la sœur Marthe. Tous les fléaux d'une guerre malheureuse désolaient la France envahie. La sœur Marthe brava tous les dangers des champs de bataille pour aller secourir sans distinction les blessés français ou ennemis ; on la vit en plus d'une rencontre aller les relever et les panser sous le feu du canon. On la retrouvait, après les actions les plus meurtrières, dans les ambulances ou dans les hôpitaux ; elle mettait les habitants à contribution pour fournir du vieux linge ; elle rassemblait les femmes et les jeunes filles pour faire de la charpie à pansement ; elle communiquait à tous l'enthousiasme qui l'animait. C'est dans une de ces ambulances, en 1814, que la sœur Marthe, rencontrée par le duc de Reggio, reçut de ce guerrier illustre cet éloge si complet en si peu de mots : « Je vous connaissais déjà depuis longtemps... Quand mes soldats étaient blessés, ils s'écriaient : Où est notre sœur Marthe ? » Ce fut vers la même époque que la bienfaitrice des prisonniers reçut la récompense la plus digne de son bon cœur : elle eut le bonheur d'obtenir la grâce d'un pauvre conscrit déserteur, déjà conduit sur la place où il devait être fusillé.

Les récompenses et les distinctions que la sœur Marthe reçut l'honorent moins que ceux-là mêmes qui les lui ont décernées. Dès l'an 1801 la Société d'Agriculture de Besançon lui avait offert une médaille d'argent avec cette inscription : *Hommage à la vertu.* En 1815 le ministre de la guerre lui fit remettre une croix. Sœur Marthe reçut, la même année, des médailles d'or de l'empereur de Russie et du roi de Prusse. L'empereur d'Autriche lui accorda la médaille du Mérite Civil. Le roi d'Espagne lui fit aussi remettre une décoration.

En 1823, sœur Marthe, âgée de soixante-seize ans, a rendu son âme à l'auteur de toute charité et de tout bien.

LE BATELIER DE MONTEREAU,

MATHIEU DIT BOISDOUX.

Prix Monlyon.

Mathieu, dit Boisdoux, est un brave homme rangé, sobre, laborieux, qui travaille le jour, qui travaille la nuit, pour nourrir sa mère et élever ses enfants. Son seul désordre est de prodiguer sa vie, cette vie si nécessaire à tous les siens, pour le bien de ses semblables. Qu'il découvre au loin la lueur d'un incendie, il y court, et vous pouvez compter qu'une fois arrivé il sera partout où seront les grands services à rendre, les grands dangers à braver. Qu'un accident arrive sur la Seine ou l'Yonne, qu'un enfant, qu'un homme crie au secours, si loin que soit Boisdoux il l'entendra, et l'enfant, l'homme sera sauvé. On ne compte plus les incendies où a éclaté son courage, les victimes qu'il a disputées aux deux rivières de sa cité. Un jour, leurs flots débordés couvraient au loin la plaine : plusieurs quartiers étaient inondés. Les habitants, réfugiés sur les hauteurs, ne communiquaient plus qu'en bateau avec leurs maisons envahies. Trois d'entre eux, qui étaient allés ainsi voir les ravages de l'inondation, remontent dans leur batelet, et du pied le poussent au large. Ils n'avaient ni croc ni rames; ils s'en aperçoivent quand il n'est plus temps : le fleuve les emporte. Le pont est devant, dont les arches pour la plupart sont déjà cachées sous les eaux. Ils vont y être brisés... Ils crient au secours. Boisdoux les a entendus... Que fera-t-il? Ira-t-il chercher son bateau? point : le temps presse. Il se précipite, il nage : il fera ensuite comme il pourra. Ce qu'il fit, le voici :

Les malheureux allaient toujours... Il était loin d'eux ; il les voyait fuir, arriver au pont. Quelles angoisses pour Boisdoux!... Enfin, il a tant peur pour ces trois hommes qui vont périr, il fait de tels efforts, qu'il est arrivé : il a rejoint le bateau. A quoi bon pour un autre que Boisdoux? Avec ce flot emporté, ce pont qu'on touche, sans rames, sans aviron, que peut-il de plus que ces trois hommes, qui n'ont rien pu pour eux-mêmes?... Il a de plus qu'eux le courage le plus intelligent, celui qui se dévoue : il y a là une lumière et une force divines. Boisdoux raidit son bras contre le batelet pour l'arrêter ; il se saisit de la corde qui pend, lutte contre le flot, et, comme il y faut ses deux bras, tant le flot est terrible, il prend de ses dents la corde qui doit les sauver. Dieu aidant, il les sauve en effet à force de courage et de fatigue; il arrive au rivage épuisé, mais content : les trois hommes lui ont dû la vie.

Une autre fois, le 7 novembre 1840, le coche d'Auxerre, ce coche antique qui a eu dans sa carrière vénérable une fortune qu'on ne sait pas beaucoup, celle de mener à Paris, la première fois qu'il y vint, un jeune officier de l'école de Brienne qu'on appelait Napoléon Bonaparte, le coche d'Auxerre descendait sur Paris, ne portant pas probablement d'aussi grandes destinées, mais réservé à une grande catastrophe et portant la gloire à Boisdoux. Le flot cette fois encore était rapide. Le coche va droit au pont, et manque l'arche. Un grand cri se fait entendre... Il était brisé, englouti. Boisdoux a tout vu, tout entendu : il s'est élancé, il court, jette sa veste; « car, a-t-il dit dans son interrogatoire, je pensais bien qu'il y aurait de la besogne pour moi. » Il y en avait en effet. Le coche portait vingt-trois passagers; ils étaient presque tous dans la salle commune. Le navire est englouti, sauf l'arrière, qu'on voit encore à fleur de l'eau. Boisdoux y est arrivé : il est sur ce qui reste du pont; et comme il s'enquiert des moyens de sauver ces malheureux, un homme qui se tenait cramponné dans l'eau jusqu'à la ceinture lui répond qu'ils sont perdus... Qui pourrait penser à les sauver? « Moi, dit Boisdoux : je suis venu pour cela. » Et il cherche les issues. Une de ces fenêtres de navire qu'on appelle des sabords était seule à moitié hors de l'eau : elle est trop étroite pour lui donner passage; mais tout autre moyen est impossible : il y passera. Vous l'auriez vu faire effort pour forcer l'entrée du sabord, pour plonger dans le gouffre où ces infortunés luttent contre la mort, comme d'autres eussent fait pour en sortir. Enfin il entre, il est dans cet abîme; il saisit une des victimes, une jeune fille, l'amène au sabord, la fait passer, respire, et se replonge dans le gouffre. Il ramène un jeune homme encore vivant, puis encore une jeune fille, puis une autre : celle-ci ne vivait plus. Le temps s'écoulait dans cette lutte héroïque... La mort, malgré tout, allait plus vite que Boisdoux. Cependant il recommence; mais c'était en vain... Il n'y avait plus là d'être vivant que lui. Il faut qu'il se contente de ces trois vies qu'il a sauvées, de ces deux jeunes filles, de ce jeune homme, qui sans lui devaient aussi périr.

Enfin il se décide à revenir à la lumière, à sortir de l'eau, des ténèbres, de ce tombeau si rempli. Il était épuisé de fatigue : il fallut qu'on vînt à son aide, qu'on le tirât avec effort de ce sabord qu'il avait franchi tout seul quand il avait fallu se dévouer, devant lequel il faiblissait quand il n'avait plus qu'à se sauver lui-même.

L'HOSPICE DU MONT SAINT-BERNARD.

Parmi les établissements qu'a fondés la charité pour venir au secours de l'humanité souffrante, il en est peu d'aussi touchants que celui connu sous le nom d'Hospice du mont Saint-Bernard. Il en est peu qui exigent dans ceux qui s'y renferment plus de dévouement et de grandeur d'âme.

Au milieu de ces hautes montagnes qui séparent l'Italie de la France, de la Suisse et de l'Allemagne, parmi leurs sommets couverts de neiges éternelles, entre le Valais et la vallée d'Aoste, s'élève le mont Saint-Bernard. Là, au milieu des frimas, sur l'un des points les plus élevés où l'homme ait osé fixer sa demeure, entre des rochers, des glaces et d'affreux précipices, un gentilhomme savoyard nommé Menthon a fondé un monastère auquel il a donné son prénom. C'est un séjour affreux ; l'hiver s'y prolonge pendant neuf mois, et il y tombe une telle quantité de neige, que, quoique la porte du couvent soit très-élevée au-dessus du sol, souvent il faut pratiquer des escaliers dans la neige pour y descendre et pour en sortir. Quelquefois l'hiver règne jusqu'au milieu du mois d'août, et à peine entre deux hivers viennent se placer quelques jours de beau temps. Au bas du rocher sur lequel on a bâti le monastère est un petit lac qui se gèle dès le mois de septembre et qui, depuis ce moment jusqu'au mois de juin, sert de chemin aux passants.

C'est cependant dans ce lieu qui semble oublié de la nature, plus près du ciel en quelque sorte que de la terre, que des hommes généreux vont se renfermer pendant leur vie entière, pour secourir et soulager les voyageurs que le hasard, le besoin ou le malheur amènent dans les routes scabreuses et sur le bord des précipices qui avoisinent le monastère. On évalue à quinze mille par an le nombre des voyageurs qui passent au mont Saint-Bernard. Là, quand après de longues fatigues et des dangers menaçants on atteint le sommet de la montagne, on s'étonne à la vue d'une habitation humaine dans un lieu si escarpé et si sauvage. On entre : des hommes revêtus d'un habit religieux vous accueillent et s'empressent autour de vous ; ils vous offrent des aliments, vous réchauffent, et donnent à des étrangers, à des inconnus les soins d'un ami pour son ami, d'un père pour son enfant, d'un frère pour son frère.

On est touché, ému, et l'âme est pénétrée de vénération religieuse, d'attendrissement et de reconnaissance. Tous les étrangers sont également accueillis, pauvres et riches, humbles et grands, de quelque pays qu'ils viennent, de quelque religion qu'ils soient : tous sont des frères, tous ont besoin de secours ; c'est là leur seul titre pour obtenir les bienfaits de l'hospitalité.

Souvent, quand le ciel s'obscurcit, quand le vent souffle, que la neige tombe et est emportée en tourbillons, que les brouillards s'étendent et couvrent les précipices, alors le voyageur s'égare au milieu de l'obscurité. Incertain, il s'arrête ; ses pas sont chancelants, le froid le saisit, il tremble ; la neige s'amoncelle autour de lui et lui cache son chemin ; il craint les abîmes, il craint la tempête, et ces masses de neige qui, suspendues autour de sa tête, peuvent s'écrouler et l'entraîner dans leur chute. Sa vie est en danger, et bien souvent des infortunés ont péri.

Pour prévenir ce malheur, chaque jour, depuis le mois de novembre jusqu'au mois de juin, quels que soient le vent, la neige, les brouillards, un homme vigoureux, qu'on appelle le *marronnier*, descend une partie de la montagne, portant avec lui du pain et du vin pour restaurer les voyageurs : il les attend à une distance et jusqu'à une heure marquée, leur donne les secours nécessaires, leur fraie le chemin et les dirige vers le couvent. Lui-même il expose sa vie, et l'on regarde comme une protection spéciale de la Providence qu'aucun marronnier, de mémoire d'homme, n'y ait jamais péri.

Deux grands chiens accompagnent le marronnier ; ils sont dressés à reconnaître et à frayer la route au milieu des neiges, des précipices et des brouillards ; ils cherchent et découvrent les voyageurs égarés, appellent par leurs aboiements, et souvent servent d'aide au malheureux épuisé de fatigue, qui s'attache à leur queue.

Lorsqu'à l'heure ordinaire le marronnier n'est pas de retour au couvent, aussitôt l'on sort pour aller à la découverte. S'il ne suffit pas pour ramener les voyageurs fatigués, d'autres religieux s'empressent d'accourir. Appuyés

sur de grands bâtons, ils se précipitent au milieu des neiges. S'ils entendent des cris de détresse, ils s'élancent du
côté où la voix les appelle : arrivés près des voyageurs, ces
bons religieux les raniment, aplanissent le chemin devant
eux, les dirigent, les soutiennent, et souvent, s'ils les voient
près de succomber, les portent même sur leurs épaules.

Les accidents les plus terribles sont les avalanches,
vastes éboulements de neige qui, se détachant du plus
haut de la montagne, roulent de roche en roche, se gros-
sissent à mesure qu'ils avancent, tombent et engloutissent
sous leur masse énorme les hommes, les animaux, les
édifices et souvent jusqu'à des hameaux entiers. Aussitôt
que l'on a quelque indice d'un si terrible événement, tous
les religieux partent du couvent armés de pelles, de pioches
et autres instruments. Ils fouillent les monceaux de neige
pour en retirer les victimes ; leurs chiens, guidés par l'odo-
rat et l'instinct, découvrent la place où elles peuvent être
ensevelies ; on enlève, on déblaie la neige, et souvent sous
ces monceaux glacés on découvre des malheureux auxquels il reste encore quelque souffle de vie, et qu'on ranime
à force de soins. On les porte au couvent, on les enveloppe
de vêtements chauds ; un foyer ardent, un lit, des aliments
leur sont préparés.

Si les malheureux ont succombé, ces hommes vénérables
rendent les derniers devoirs à leur dépouille mortelle, et
leurs corps sont déposés dans une chapelle élevée sur le
roc à quelques pas du couvent, où, conservés par le froid
et l'action de l'air, ils peuvent encore être longtemps après
reconnus par les parents ou les amis qui viennent s'infor-
mer de leur sort.

Dans l'intérieur du couvent sont disposés des lits pour
les malades. Là, tous sont secourus ; des soins et des médicaments leur sont prodigués : on les sert, on les veille,
et quand ils sont rendus à la santé ils partent sans avoir à
payer que de leur reconnaissance, cette généreuse et touchante hospitalité.

Ces bons religieux ne se contentent pas de cette vie de
dévouement ; ils portent encore aux habitants des vallées

voisines les secours et les consolations de la religion, et on les voit descendre de leur montagne pour aller célébrer l'office divin dans de pauvres paroisses.

Admirable vertu! bienfaisance touchante! Sur ces montagnes arides, un froid âpre, un air vif et piquant, usent promptement les ressorts de la vie; ils pénètrent les poumons et altèrent la poitrine. Ces bons religieux le savent, ils savent que leurs jours seront plus rapides; mais ils aiment mieux une vie bien employée qu'une longue vie.

L'INCENDIE.

Il est doux de secourir son semblable; un sentiment naturel nous y porte, et à la vue des dangers des autres on oublie ceux auxquels on s'expose en les secourant. Honte à celui qui ne sent pas au dedans de son cœur ce noble mouvement, et qui calcule froidement que sa vie lui est plus précieuse que celle des autres!

En 1766 un affreux incendie consuma plusieurs maisons de Nancy; c'était dans un quartier pauvre, et les maisons, construites de bois et de chaume, étaient promptement dévorées. Tous les secours semblaient impuissants; le vent soufflait avec violence et activait les flammes qu'on voyait s'élever en tourbillons au-dessus des toits embrasés : les murs s'écroulaient, les poutres ardentes tombaient au milieu des décombres, et les pompes lançaient inutilement l'eau que des milliers d'habitants apportaient en tumulte.

Dans ce désordre, au milieu des cris, de l'effroi, une femme s'élance : tremblante, les yeux égarés, elle sortait d'une maison à demi consumée par les flammes, et voyait avec désespoir les tourbillons de feu s'avancer vers une chambre du quatrième étage. Hélas! la frayeur égarant ses pas, le tumulte, les cris troublant sa raison, lui avaient fait abandonner dans cette chambre deux enfants endormis dans leur berceau.

A genoux, les mains au ciel, la mort dans le cœur, les yeux fixés sur les flammes qui gagnent sans cesse et qui semblent la brûler elle-même, la malheureuse désigne l'endroit; elle prononce le nom de ses enfants, elle invoque du secours; mais autour d'elle chacun attentif à son propre péril la regarde avec une froide pitié, et si quelques-uns sont émus, la terreur et le danger glacent aussitôt leur courage.

Un régiment d'infanterie était dans la ville; chaque soldat était accouru et tous portaient des secours. Deux d'entre eux s'avancent à l'aspect de cette pauvre mère; ils l'interrogent, lui demandent où sont ses enfants, quelles sont les issues de sa chambre, et aussitôt ils courent et s'élancent. C'est sur des poutres brûlantes qu'ils marchent sans trembler, et bientôt ils disparaissent au milieu des nuages de fumée qui s'élèvent de toutes parts. Tout à coup une partie de la maison s'écroule : on entend un fracas épouvantable. C'en est fait, ils ont péri, et la malheureuse mère tombe et croit tout perdu. Mais les deux soldats reparaissent; leurs vêtements sont brûlés, leurs cheveux roussis par la flamme; mais chacun d'eux tient un des enfants dans ses bras, et, joyeux ils les posent sur le sein de la mère, qui revient à elle aux acclamations du peuple, à la vue de ses libérateurs et au bruit de la maison qui s'abîme et s'écroule en entier.

LE JEUNE VOLNEY-BECKNER.

Parmi les traits de dévouement pour ses semblables, il en est peu d'aussi touchants que celui qui termina la vie du jeune Volney-Beckner, matelot irlandais.

Le père de Volney-Beckner était marin; de bonne heure il avait accoutumé son fils aux travaux de cette profession, et l'on voyait le jeune enfant, à peine âgé de cinq ans, s'élancer à la nage dans les flots de la mer, s'attacher aux cordages d'un vaisseau, monter au haut des mâts, et se mêler aux manœuvres de l'équipage. Souvent il suivait le vaisseau pendant plus d'une lieue en nageant, et quand il paraissait épuisé de fatigue et s'enfonçait sous les vagues, son père, qui tenait sur lui des regards attentifs, s'élançait, allait le reprendre et le ramenait sur son dos.

Devenu plus grand, le petit mousse sut bientôt se rendre utile. Dans les gros temps, quand un vent impétueux soufflait et déchirait les voiles, que la pluie tombait à torrents, on le voyait courir au milieu des cordages comme un écureuil dans les branches des arbres. Au plus fort de l'orage il s'élevait jusqu'à la cime des mâts, et il y paraissait aussi tranquille qu'un passager paisiblement bercé dans son hamac. Ainsi il grandissait au milieu des périls, et il atteignit de la sorte sa douzième année.

A cette époque la petite fille d'un riche Américain vint à courir imprudemment sur le pont du vaisseau. Là, tandis qu'elle portait ses regards avides sur l'immense étendue des ondes, un roulis inattendu donna une secousse au vaisseau, et elle tomba dans la mer.

Le père Volney l'aperçoit et s'élance après elle : il parvient bientôt à l'atteindre ; mais, tandis que le matelot nageait d'une main pour regagner le bâtiment et que de l'autre il tenait la petite fille serrée contre sa poitrine, il aperçut un requin qui s'avançait droit à lui. « A moi ! » s'écria-t-il ; et aussitôt chacun accourut sur le pont et vit le danger qu'il courait. Cependant on n'osait pas aller au delà ; on se contentait de tirer sur le requin des coups de carabine ; mais le monstre s'avançait toujours, battant la mer à grands coups de sa queue, et déjà sur le point d'atteindre sa proie.

Dans cette affreuse extrémité, le jeune Volney ne peut considérer de sang-froid le danger de son père ; faible et enfant il entreprend ce que des hommes vigoureux n'osent tenter, et, saisissant un large sabre, il se précipite à la mer ; il plonge ensuite avec la vélocité d'un poisson, se glisse par derrière sous le ventre du monstre et lui enfonce le fer dans les flancs.

Le requin, profondément blessé, se retourne en se débattant ; il abandonne la proie qu'il voulait saisir, et, dans sa rage, il s'acharne contre son agresseur.

Quel tableau déchirant s'offrit alors aux regards des

spectateurs ! D'un côté, sur le vaisseau, l'Américain tremblant pour sa fille ; de l'autre, au milieu des flots, ce marin
généreux exposant sa vie pour un enfant qui n'est pas le
sien, et le jeune Volney, seul contre un ennemi terrible,
affrontant la mort pour sauver son père.

Bientôt les deux nageurs s'empressent de gagner le vaisseau. De tous côtés on leur tend des cordages, et le père et
le fils parviennent enfin à en saisir un, chacun de leur
côté. On les retire rapidement ; des cris d'allégresse se font
entendre : *Les voici ! les voici !* Ces mots retentissent de toutes parts ; mais, dans ce moment, le requin furieux plonge
dans la mer pour prendre un vigoureux élan ; il revient,
bondit impétueusement au-dessus des flots, et, s'élançant
comme la foudre, de ses dents tranchantes il sépare en
deux le jeune et malheureux Volney suspendu en l'air. On
ne ramène à bord du navire que l'autre partie de son corps
palpitant et sans vie, avec son père et la petite Américaine
évanouie.

LE PILOTE BOUSSARD.

Boussard était pilote sur le port de Dieppe ; né en quelque sorte au milieu des vagues, il avait été formé par son
père à ce métier périlleux, et il avait appris de lui à secourir les malheureux en danger. Un jour le père périt lui-
même au milieu des flots, et dès ce moment Boussard
jura, comme pour rendre hommage à sa mémoire, de ne
jamais balancer à exposer sa vie pour sauver ceux qui se
trouveraient dans un semblable péril.

Pendant la nuit du 31 août 1777 une violente tempête
agita la mer. Les flots s'élevaient impétueusement et venaient se briser en mugissant contre les rochers du rivage.
Malheur aux matelots exposés dans ce moment à la fureur
des vagues ! Vers les neuf heures du soir, un navire sorti
du port de La Rochelle, monté de huit hommes d'équipage
et de deux passagers, approcha des jetées de Dieppe. Le
vent était si impétueux qu'un pilote côtier essaya en vain

quatre fois de sortir du port pour y diriger l'entrée de ce bâtiment. Dans ce moment Boussard aperçut que le navire faisait une fausse manœuvre qui le mettait en danger : il tenta de le guider avec le porte-voix et des signaux ; mais l'obscurité de la nuit, le sifflement des vents et le bruit des vagues empêchaient qu'on ne pût le voir ni l'entendre, et bientôt le vaisseau, ne pouvant plus être gouverné, fut jeté sur le galet à trente toises de la jetée.

On entendait du bord de la mer les cris des malheureux matelots qui allaient périr. Les flots s'élevaient au-dessus d'eux et menaçaient à chaque instant de les engloutir. Le vaisseau, battu de toutes parts, était près d'être submergé. A cette vue Boussard n'hésite pas ; en vain on lui représente le danger et peut-être l'inutilité de ses efforts ; il commence par faire éloigner sa femme et ses enfants qui voulaient le retenir ; puis, se ceignant le corps avec une corde dont le bout était attaché à la jetée, il se précipite au milieu des flots.... Pour connaître le danger qu'il courait il faut avoir vu l'agitation de la mer lorsque, furieuse, écumante, elle s'élance avec fracas contre les rocs qui lui opposent de la résistance. Après des efforts incroyables, Boussard atteignit cependant le navire ; il y touchait déjà lorsqu'une vague l'enlève et le repousse. Intrépide il s'avance encore : vingt fois il est rejeté par les flots et roulé sur le galet ; vingt fois il reprend sa tâche dangereuse : son ardeur n'en est point ralentie, et il se replonge dans la mer. Un instant il disparut sous le navire : on crut que c'en était fait de lui ; mais il reparut, tenant dans ses bras un matelot qui avait été jeté du bâtiment et qu'il apporta à terre sans mouvement et presque sans vie. Tant d'efforts furent enfin couronnés de succès : au milieu des débris qui l'entourent, blessé en plusieurs endroits, Boussard parvient jusqu'au vaisseau ; il s'y accroche, y lie sa corde ; puis, la montrant aux matelots épouvantés, il leur enseigne comment avec ce soutien ils pourront arriver jusqu'au rivage ; il les encourage, les porte quand les forces leur manquent, nage autour d'eux comme un ange tutélaire, va, revient, et dépose ainsi sur le rivage sept malheureux arrachés à la fureur des flots.

Cependant, épuisé par tant d'efforts, il chancelle et tombe lui-même sur le bord de la mer dans un état de défaillance effrayant. On lui prodigua des secours, et il reprenait ses esprits lorsque de nouveaux cris frappent encore son oreille : c'étaient ceux d'un passager que sa faiblesse avait empêché de suivre les autres naufragés et qui restait sur le bâtiment, en proie au désespoir. Au son de cette voix, Boussard reprend ses forces ; il court de nouveau à la mer, et sauve cette dernière victime. Des dix hommes qui montaient le navire, il n'en périt que deux, dont les corps furent le lendemain trouvés sur le galet où la mer les avait jetés.

Tant de courage reçut sa récompense ; le récit en parvint jusqu'aux oreilles du roi, et il accorda au brave pilote une pension qui le mettait pour toute sa vie à l'abri du besoin. Dans la lettre qui lui fut écrite à ce sujet, le ministre terminait en disant à Boussard : « Continuez à secourir « les autres quand vous le pourrez, et n'oubliez pas que « votre roi aime les braves gens et les récompense. »

Quelque temps après, Boussard fut amené à Paris ; il parut à la cour au milieu des courtisans, et le roi, l'ayant aperçu, se tourna vers ses généraux et vers les grands du royaume, et il leur dit d'une voix émue : « Messieurs, voilà « un brave homme, et véritablement un brave homme ! »

Tout le monde s'empressa de fêter le courageux pilote ; on célébrait sa noble action, on l'accablait de louanges ; mais lui, calme au milieu de tout ce mouvement, conservant sa simplicité parmi les grandeurs, ne se montrant ni intimidé ni embarrassé et gardant son maintien digne et modeste, se bornait à dire qu'il était étonné de la récompense que le roi lui avait accordée. « J'ai fait beaucoup d'actions « comme celle-là, disait-il ; je ne sais pas pourquoi ma « dernière a fait tant de bruit ; mes camarades sont aussi « braves que moi. »

Bientôt Boussard retourna à ses travaux qu'il avait quittés avec peine ; il reprit son poste près de la mer, et

eut encore plus d'une fois l'occasion de secourir des naufragés avec le même dévouement.

Cet homme généreux avait une femme et des enfants
qu'il aimait tendrement; il passait au milieu d'eux tous
les instants qui n'étaient pas consacrés aux devoirs de son
état : son fils, formé par ses exemples, se montra digne
de lui; il lui avait transmis ses nobles sentiments et sa
bravoure avec son sang, et il arracha de même plusieurs
malheureux à une mort certaine. On le choisit pour gar-
dien du phare de la jetée de Dieppe, où il était encore il y
a quelques années.

L'ENFANT TROUVÉ.

Il est rare qu'on ne reçoive pas le prix d'une bonne action, indépendamment de la récompense qu'on en trouve
toujours au fond de sa conscience.

Un bon paysan était à travailler dans son champ, sur
le bord d'une route. Une voiture brillante survient et
s'arrête devant lui; un homme, dont l'extérieur annonce
l'opulence, descend de l'équipage, s'approche du paysan et
lui demande s'il veut porter au village voisin, chez un fermier qu'il lui indique, une corbeille qu'il va lui remettre.
Le paysan y consent, prend la corbeille, et aussitôt la voiture s'éloigne de toute la rapidité des chevaux. A peine
elle est hors de la vue que le paysan sent quelque chose
qui s'agite dans la corbeille; il entend de légers cris, sou-
lève le linge qui la couvre, et aperçoit un enfant qui semblait implorer pitié. Il est ému de compassion; mais rem-
plissant sa commission, il se rend chez le fermier et lui
conte son aventure. Le fermier et sa femme n'hésitent pas
à refuser l'enfant, et tous deux repoussent le paysan.
« Eh bien! dit celui-ci, l'enfant ne manquera pas de père
ni de mère; je n'abandonnerai pas une pauvre créature
que la Providence a remise entre mes mains : ma femme
nourrit un de ses enfants; il y aura bien dans son sein
assez de lait pour deux, et j'ai la confiance que Dieu nous

bénira. » Il part aussitôt, raconte à sa femme ce qui lui est arrivé ; et celle-ci, aussi bonne que son mari, regarde l'enfant, le caresse et l'approche de son sein. Cependant on ouvre la corbeille, et on y trouve une très-belle layette, une bourse et un billet ainsi conçu : « Prenez soin de cet « enfant : vous trouverez au fond de la corbeille une bourse « de cent louis pour les premiers frais de nourriture. On « aura soin de vous faire parvenir de l'argent de temps en « temps ; et à la fin vous recevrez une bonne récom- « pense. »

Le bon paysan rendit grâces à Dieu d'avoir béni ses intentions, et bientôt cette nouvelle se répandit dans tout le village. Elle parvint jusqu'au fermier qui avait refusé le dépôt ; et, séduit par l'appât du gain, il se crut en droit de le réclamer. Mais à son tour le paysan refusa. « Vous avez repoussé cet enfant, lui dit-il ; mais moi j'ai voulu lui tenir lieu de père quand je le croyais malheureux et abandonné : c'est à moi qu'il appartient. »

L'homme riche qui avait ainsi confié son enfant fut bientôt instruit de ce qui s'était passé, et il récompensa le bon paysan de sa commisération.

L'AMOUR FILIAL.

Les annales japonaises font mention de cet exemple extraordinaire d'amour filial. Une femme était restée veuve avec trois garçons, et ne subsistait que de leur travail. Quoique le prix de cette subsistance fût peu considérable, les travaux néanmoins de ces jeunes gens n'étaient pas toujours suffisants pour y subvenir. Le spectacle d'une mère qu'ils chérissaient, en proie au besoin, leur fit un jour concevoir la plus étrange résolution. On avait publié depuis peu que quiconque livrerait à la justice le voleur de certains effets toucherait une somme assez considérable. Les trois frères s'accordent entre eux qu'un des trois passera pour ce voleur, et que les deux autres le mèneront au juge. Ils tirent au sort pour savoir qui sera la victime de l'amour filial, et le sort tombe sur le plus jeune, qui se laisse lier et conduire comme un criminel. Le magistrat l'interroge; il répond qu'il a volé; on l'envoie en prison, et ceux qui l'ont conduit reçoivent la somme promise. Leur cœur s'attendrit alors sur le danger de leur frère; ils trouvent le moyen d'entrer dans la prison, et, croyant n'être vus de personne, ils l'embrassent tendrement, et l'arrosent de leurs larmes. Le magistrat, qui les aperçoit par hasard, surpris d'un spectacle si nouveau, donne commission à un de ses gens de suivre ces deux délateurs; il lui enjoint expressément de ne les point perdre de vue qu'il n'ait découvert de quoi éclaircir un fait si singulier. Le domestique s'acquitte parfaitement de la commission, et rapporte qu'ayant vu entrer ces deux jeunes gens dans une maison, il s'en était approché, et les avait entendus raconter à leur mère ce qu'on vient de lire; que la pauvre femme, à ce récit, avait jeté des cris lamentables, et qu'elle avait ordonné à ses enfants de reporter l'argent qu'on leur avait donné, disant qu'elle aimait mieux mourir de faim que de conserver la vie au prix de son cher fils. Le magistrat, pouvant à peine concevoir ce prodige de piété filiale, fait venir aussitôt son prisonnier, l'interroge de nouveau sur ses prétendus vols, le menace même du plus cruel supplice; mais le jeune homme, tout occupé de sa tendresse pour sa mère, reste immobile. « Ah ! c'en est trop, lui dit le magistrat en se jetant à son cou; enfant vertueux, votre conduite me charme » Il va aussitôt faire son rapport à l'empereur, qui, charmé d'une affection si héroïque, voulut voir les trois frères, les combla de caresses, assigna au plus jeune une pension considérable, et une moindre à chacun des deux autres.

SUR LES DUELLISTES.

Le vrai brave consacre son courage à la défense de sa patrie.

Je ne sais où j'ai lu le trait suivant, que je crois être de Turenne lui-même, avant qu'il fût avancé dans le ser-

vice. Étant appelé en duel par un autre officier, il répondit:
« Je ne sais pas me battre en dépit des lois ; mais je saurai
« aussi bien que vous affronter le danger quand le devoir
« me le permettra. Il y a un coup de main à faire, très-utile
« et très-honorable pour nous, mais très-périlleux : allons
« demander à notre général la permission de le tenter, et
« nous verrons qui des deux s'en tirera avec plus d'hon-
« neur. » Celui qui avait proposé le duel trouva le projet si
périlleux en effet, qu'il refusa de soumettre sa valeur à une
pareille épreuve. Tel est le genre de courage de la plupart
des duellistes. On en a vu chercher à se faire une réputa-
tion de bravoure dans des rencontres particulières, et se
mettre au lit le jour d'une bataille.

On peut voir dans la Vie de Turenne par Raguenet
quelle a été sa conduite à l'égard du maréchal de la Ferté et
du prince Palatin : elle ne s'accorde guère avec le point
d'honneur de nos faux braves.

Il y aurait, après tout, bien peu d'affaires, si tous ceux
qui sont témoins de quelque dispute s'y comportaient comme
il serait à souhaiter qu'ils le fissent, d'après l'exemple que
nous allons citer.

Un jour douze personnes avaient dîné ensemble dans une
maison ; après le repas on proposa de jouer, et l'on fit des
parties différentes dans l'une desquelles il s'éleva entre deux
officiers une dispute, suivie de quelques propos assez durs.
Les autres personnes qui étaient présentes s'empressèrent
de les apaiser, en leur disant qu'ils avaient tort tous deux.
Ceux-ci cependant commençaient à s'échauffer, lorsqu'un
autre officier de la compagnie, homme de tête, très-sage et
très-sensé, alla à la porte de la salle, ferma la serrure à dou-
ble tour, et en mit la clef dans sa poche. Ensuite, se tour-
nant vers la compagnie, il dit : « Personne ne sortira d'ici
qu'après que ces messieurs se seront accommodés. Il faut
que celui qui est auteur de la querelle commence (car c'est
lui qui a le premier tort) à faire excuse à l'autre de ce qu'il
lui a dit , que celui qui se croit attaqué reçoive l'excuse, et
témoigne qu'il est fâché d'avoir relevé avec trop de hauteur
l'insulte qu'il croit qu'on lui a faite, et qu'ensuite ces deux

messieurs s'embrassent, et promettent de ne rien demander davantage. S'ils refusent de le faire, j'en porterai mes plaintes aux maréchaux de France, et je les prierai de donner des ordres pour empêcher un duel entre ces messieurs.» La conduite de cet officier fut fort approuvée. La compagnie engagea les deux militaires à se faire des excuses respectives, et ils s'embrassèrent.

LE BON FILS.

Un enfant, placé à l'École militaire, se contentait depuis plusieurs jours de la soupe et du pain sec avec de l'eau. Le gouverneur, averti de cette simplicité, l'en reprit, attribuant cela à quelque excès de dévotion mal entendue. Le jeune enfant continuait toujours sans découvrir son secret. Monsieur D., instruit par le gouverneur de cette persévérance, fit venir le jeune élève, et après lui avoir doucement représenté combien il était nécessaire d'éviter toute singularité, et de se conformer à l'usage de l'école, voyant qu'il ne s'expliquait pas sur les motifs de sa conduite, fut contraint de le menacer, s'il ne se réformait, de le rendre à sa famille. «Hélas! monsieur, dit alors l'enfant, vous voulez savoir la raison que j'ai d'agir comme je fais; la voici : Dans la maison de mon père, je mangeais du pain noir en petite quantité, nous n'avions souvent que de l'eau à y ajouter; ici je mange de bonne soupe, le pain y est bon, blanc et à discrétion; je trouve que je fais grande chère, et je ne puis me résoudre à manger davantage, me souvenant de l'état de mon père et de ma mère. »

Monsieur D. et le gouverneur ne pouvaient retenir leurs larmes, en voyant la sensibilité et la fermeté de cet enfant. «Monsieur, reprit monsieur D., si monsieur votre père a servi, n'a-t-il pas de pension? Non, répondit l'enfant; et il a mieux aimé languir que de faire des dettes. Eh bien, dit monsieur D., si le fait est aussi prouvé qu'il paraît vrai dans votre bouche, je vous promets de lui obtenir une pension. Puisque vos parents sont si peu à leur aise, vraisemblablement ils ne vous ont pas bien garni le gousset : recevez pour vos menus plaisirs ces trois louis que je vous présente de la part du roi ; et quant à monsieur votre père, je lui enverrai d'avance les six mois de la pension que je me suis obligé de lui obtenir. Monsieur, reprit l'enfant, comment pourrez-vous lui envoyer cet argent? Ne vous inquiétez pas, répondit monsieur D. ; nous en trouverons le moyen. Ah! monsieur, puisque vous avez cette facilité, dit l'enfant, remettez-lui aussi les trois louis que vous venez de me donner. Ici j'ai de tout en abondance, cet argent me deviendrait inutile; il fera grand bien à mon père pour ses autres enfants. »

TRAIT DE RECONNAISSANCE.

L'ingratitude est un vice odieux et malheureusement trop commun : je n'en connais pas qui décèle mieux une âme basse et méprisable. Les animaux eux-mêmes ne sont pas oublieux et donnent souvent à l'homme des leçons de reconnaissance. L'histoire suivante en fournira une preuve authentique.

Les Espagnols étant assiégés dans Buenos-Ayres par les peuplades indigènes, le gouverneur avait défendu à tous ceux qui demeuraient dans la ville d'en sortir. Mais, craignant que la famine, qui commençait à se faire sentir, ne fît violer ses ordres, il mit des gardes de toutes parts, avec ordre de tirer sur tous ceux qui chercheraient à passer l'enceinte désignée. Cette précaution retint les plus affamés, à l'exception d'une femme nommée Maldonata, qui trompa la vigilance de ces gardes. Cette femme, après avoir erré dans les champs déserts, découvrit une caverne qui lui parut une retraite sûre contre tous les dangers; mais elle y trouva une lionne dont la vue la saisit de frayeur. Cependant les caresses de cet animal la rassurèrent un peu ; elle reconnut même que ces caresses étaient intéressées : la lionne était pleine et ne pouvait mettre bas; elle semblait demander un service que Maldonata ne craignit pas de lui rendre. Lorsqu'elle fut heureusement délivrée, sa reconnaissance ne se borna pas à des témoignages présents; elle sortit pour chercher sa nourriture, et depuis ce jour, elle ne manqua pas d'apporter aux pieds de sa libératrice une provision qu'elle partageait avec elle. Ces soins durèrent aussi longtemps que ses petits lionceaux la retinrent dans la caverne. Lorsqu'elle les en eut retirés, Maldonata cessa de la voir, et fut réduite à chercher sa subsistance elle-même; mais elle ne put sortir souvent sans rencontrer les Indiens, qui la firent esclave. Le ciel permit qu'elle fût reprise par les Espagnols, qui la ramenèrent à Buenos-Ayres. Le gouverneur en était sorti; un autre Espagnol qui commandait en son absence, homme dur jusqu'à la cruauté, savait que cette femme avait violé une loi capitale; il ne la crut pas assez punie par ses infortunes; il donna ordre qu'elle fût liée en pleine campagne pour y mourir de faim, qui était le mal dont elle avait voulu se garantir par la fuite, ou pour y être dévorée par quelque bête féroce. Deux jours après, il voulut savoir ce qu'elle était devenue : quelques soldats, qu'il chargea de cet ordre, furent surpris de la trouver pleine de vie, quoique environnée de tigres et de lions, qui n'osaient s'approcher d'elle parce qu'une lionne, qui était à ses pieds avec plusieurs lionceaux, semblait la défendre. A la vue des soldats, la lionne se retira un peu, comme pour leur laisser la liberté de délier sa bienfaitrice. Maldonata leur raconta l'aventure de cet animal, qu'elle avait reconnu au premier moment; et lorsqu'après lui avoir ôté ses liens ils se disposaient à la reconduire à Buenos-Ayres, elle la caressa beaucoup, en paraissant regretter de la voir partir. Le rapport qu'ils en firent au commandant lui fit comprendre qu'il ne pouvait, sans paraître plus féroce que les lions mêmes, se dispenser de faire grâce à une femme dont le ciel avait pris si évidemment la défense.

ANECDOTE ANGLAISE.

Il se passa, dit-on, en Angleterre une scène assez plaisante entre un honnête cordonnier et un gentilhomme prétendant à être nommé député au parlement. Celui-ci, d'un air fort humble, entre dans la boutique de l'artisan, qui lui demande d'un ton fort brusque de quelle affaire il s'agissait : «De me rendre un petit service, répondit le « gentilhomme; il ne me manque plus qu'une voix pour « être élu, et je vous prie de m'accorder la vôtre. — Oh « bien! si cela est, reprit le cordonnier en lui présentant « une escabelle, asseyez-vous là, causons ensemble, et « voyons un peu quel homme vous êtes... Vous buvez de « la bière, n'est-ce pas? en voilà un pot déjà entamé, nous « le finirons de compagnie. Allons, prenez mon verre, « buvez à ma santé, je boirai ensuite à la vôtre. Qu'à « cela ne tienne, reprit le gentilhomme. » En même temps il boit, en faisant la grimace. « Dieu me damne! vous « fumerez; car je fume, moi, poursuivit l'artisan. Eh « mais!... comme vous voudrez, repartit le candidat, en « dévorant son dépit... » D'un air assez gauche il allume sa pipe et celle de son nouveau camarade, et les voilà tous deux en train de politiquer tout à leur aise. Enfin le protecteur, fort content d'avoir fait passer son protégé par toutes sortes d'humiliations, le congédie sans façon. « Sortez sur-le-champ de chez moi, et ne comptez pas sur « mon suffrage; je me respecte trop pour le donner à un « homme qui se respecte si peu, et qui cherche à s'élever « par tant de bassesses. »

SUR LE SUICIDE.

Il y a plus de courage à supporter la vie qu'à se l'ôter. Cette vérité est confirmée par plusieurs exemples, et notamment par celui d'un homme dont il est parlé dans un ouvrage italien. Après avoir rendu compte à son intime ami

des revers terribles qu'il venait d'essuyer : « Eh bien, ajouta-
« t-il, qu'auriez-vous fait à ma place dans de telles extrémités ?
« Qui ? moi ! répondit le confident : je me serais donné la
« mort. J'ai plus fait, reprit l'autre froidement, j'ai vécu. »

MADEMOISELLE DÉTRIMONT

Prix Montyon.

Certainement on pourrait dire de mademoiselle Détrimont comme on l'a dit de ces saintes Sœurs :

> Son espoir ici-bas est d'essuyer des pleurs,
> Et sa gloire se borne à calmer des douleurs.

Il y a peu d'années, dans la commune de Saint-Remi Bosre-
court, arrondissement de Dieppe, département de la Seine-
Inférieure, une maladie épidémique contagieuse, ayant tous
les caractères du typhus, s'était introduite, on ignore de
quelle manière, dans une maison qu'habitait une pauvre famille composée de onze personnes. En six jours la grand'-
mère et deux de ses petits-enfants avaient succombé. Un
mois après, la mère mourut et deux autres de ses enfants la
suivirent à sept ou huit jours d'intervalle. Jacques Vasselin,
chef de cette famille infortunée, restait seul avec quatre
enfants, et ils étaient tous les cinq attaqués du mal qui avait
déjà frappé six victimes sous leurs yeux.

Effrayés de tant de morts si promptes et qui s'étaient
succédé si rapidement, les parents, les amis, les voisins,
n'osaient approcher de Vasselin et de ses enfants : abandonnés de tous, ils semblaient condamnés à périr sans espoir de secours. « Nous ne voulons pas aller chercher la
mort : » telle était la réponse de tous ceux que l'autorité du
lieu pressait de porter quelque soulagement, quelques soins
à ces malheureux. Mademoiselle Célestine Détrimont, habi-
tante d'une commune voisine, informée de ces faits par la
voix publique, vint s'offrir au maire de Saint-Remi pour
donner aux restes de cette famille infortunée les secours
qui leur étaient refusés de toutes parts. Le maire accepte

avec attendrissement son offre ; mais il ne croit pas devoir lui cacher le danger qu'elle allait courir: « Je sais à quoi je m'expose, répondit-elle ; mais je ne puis laisser périr cinq malheureux ainsi abandonnés : quand on sert Dieu et ses pauvres on ne craint pas la mort ; » et après avoir consenti à peine à se munir de quelques préservatifs, elle alla s'enfermer dans la maison infectée où gisaient entassés Vasselin et ses quatre enfants. Un de ces enfants mourut. Mademoiselle Détrimont l'ensevelit elle-même, et porta son corps dans la cour de la maison, seul endroit d'où l'on osât approcher. Enfin, ses soins actifs et constants secondant l'effet des médicaments qui lui furent envoyés, elle eut le bonheur d'arracher à une mort qui paraissait certaine Vasselin et les trois enfants qui lui restaient. Cette belle action n'est pas un fait unique dans la vie de mademoiselle Détrimont. Nombre d'actions semblables, qui n'étaient connues que du ciel et des infortunés qu'elle secourait, ont été tirées de l'obscurité où elle aimait à les ensevelir. Il y a plus de vingt-sept ans qu'elle se consacre au soulagement des malheureux.

SAINT VINCENT DE PAUL

FONDANT L'INSTITUTION DES SOEURS DE CHARITÉ.

Saint Vincent de Paul était curé à Châtillon en 1617. Un jour de fête, comme il était prêt à monter en chaire, une dame l'arrêta un moment et le pria de recommander aux charités de ses paroissiens une famille extrêmement pauvre, dont la plupart des enfants et des domestiques étaient tombés malades dans une ferme éloignée d'une demi-lieue de Châtillon. Il le fit avec cette onction qui lui était naturelle, et qui semblait redoubler toutes les fois qu'il s'agissait de l'intérêt de ceux qui étaient dans la misère. Il établit avec beaucoup de force la nécessité de secourir les pauvres, surtout quand la maladie se trouve jointe à l'indigence, et qu'ils sont hors d'état de se soulager eux-mêmes, comme l'étaient ceux qu'il leur recommandait.

Après la prédication, un grand nombre de ceux qui l'avaient entendue sortirent pour aller visiter ces pauvres gens; personne n'y alla les mains vides; les uns leur portèrent du pain, les autres du vin, de la viande et autres choses semblables. Saint Vincent y alla lui-même après les offices, avec quelques-uns des habitants de Châtillon. Comme il ne savait pas que tant d'autres y fussent déjà allés avant lui, il fut fort surpris de rencontrer dans le chemin une multitude de personnes qui revenaient par troupes, et dont quelques-unes se reposaient sous des arbres parce que la chaleur était excessive. Il loua leur zèle, mais il ne le trouva pas assez sage : « Voilà, dit-il, une grande charité; mais elle « n'est pas réglée. Ces malades auront trop de provisions « à la fois; cette abondance même en rendra une partie « inutile. Celles qui ne seront pas consommées sur-le- « champ se gâteront et seront perdues, et ces pauvres « malheureux retomberont bientôt dans leur première « nécessité. »

Cette première réflexion porta saint Vincent, qui avait un esprit d'arrangement et de système, à examiner par quel moyen on pourrait secourir avec ordre non-seulement cette famille affligée, qui était alors l'objet de son zèle, mais tous ceux qui dans la suite se trouveraient dans une nécessité semblable. Il en conféra avec quelques femmes de sa paroisse, qui avaient du bien et de la piété. Chacun voulut avoir part à une si bonne œuvre, et le saint, pour profiter de ces heureuses dispositions, dressa un projet de règlement dont il voulut qu'on fît l'essai pendant quelque temps, avant que d'y faire mettre le sceau de l'approbation des supérieurs ecclésiastiques. Saint Vincent avait une maxime qu'il suivait toujours : il était persuadé qu'un homme sage doit ajuster ses idées à l'expérience, et qu'il y a mille choses qui, quoique fort belles dans la spéculation, ne sont ni possibles ni avantageuses dans la pratique. Ce ne fut que lorsqu'une expérience de trois mois lui eut fait connaître qu'il n'y avait rien à risquer, que saint Vincent demanda et obtint l'approbation supérieure. Cette association reçut le nom de *Confrérie de la Charité.* Le règlement dit :

« Les personnes qui s'uniront ensemble pour soulager les pauvres malades se proposeront Jésus-Christ pour modèle. Elles se souviendront que ce divin Sauveur, qui est la charité même, n'a rien recommandé avec plus d'instance que la pratique des œuvres de miséricorde, et qu'il l'a proposée à tous les chrétiens par ces paroles : « Soyez miséricordieux « comme votre père est miséricordieux ; » et par celles-ci encore : « Venez, les bien-aimés de mon Père, possédez le « royaume qui vous a été préparé dès le commencement « du monde ; car j'ai eu faim, et vous m'avez donné à « manger ; j'ai été malade, et vous m'avez visité. »

« On n'admettra à cet emploi de charité que des femmes et des filles dont la vertu et la sagesse soient reconnues. Les unes et les autres n'y seront reçues que du consentement des personnes dont elles dépendent. Elles n'auront d'autre nom que celui de servantes des pauvres, et elles se feront gloire de le porter.

« ... On préparera la nourriture des malades, et on les servira de ses propres mains. On en usera à leur égard comme une mère pleine de tendresse en use à l'égard de son fils unique. On leur dira quelque petit mot de Notre-Seigneur, et on tàchera de les égayer et de les réjouir s'ils paraissent trop frappés de leur mal. »

Ainsi s'établit à Chàtillon la première confrérie de la Charité. Il serait difficile de rapporter tout le bien qu'elle produisit, les conversions dont elle fut la source et les secours qu'en reçurent les pauvres. Les habitants des lieux voisins en établirent bientôt de semblables chez eux. L'homme de Dieu, que les premiers succès avaient surpris et encouragé, multiplia sa pieuse association pendant toute sa vie, autant qu'il le put faire. En peu d'années il l'établit en plus de trente paroisses environnantes. C'est de là qu'elle passa en Lorraine, en Savoie, en Italie, et en tant d'autres lieux.

Comme le saint prêtre avait un attrait particulier pour les pauvres de la campagne, qui communément sont les plus abandonnés, il ne pensa pas d'abord à introduire la nouvelle confrérie dans les villes considérables. Cependant il se trouva bientôt obligé de l'établir dans la capitale même du royaume. Quelques dames qui avaient des maisons de campagne dans l'Ile-de-France et dans les provinces voisines, où le saint avait fait des missions, virent et admirèrent les grands biens qui naissaient d'une si sainte association ; elles se rappela'ent en même temps qu'il y avait dans Paris un grand nombre d'artisans et d'ouvriers que la honte ou d'autres raisons empêchaient de se faire porter à l'hôpital lorsqu'ils tombaient malades, et que ces sortes de personnes, à qui tout manque dès qu'elles sont hors d'état de travailler, se trouvaient en un ou deux jours réduites à l'état le plus fâcheux, n'ayant ni ressources, ni appui, ni consolation. Elles en parlèrent à tous les curés, et leur proposèrent l'établissement de la confrérie de la Charité, comme un moyen propre à arrêter le mal sur lequel ils gémissaient eux-mêmes depuis longtemps. Plusieurs d'entre eux en conférèrent avec le saint, persuadés qu'il y avait une bénédiction particulière attachée à toutes les œuvres qui passaient par ses mains ; ils le prièrent de se charger de l'entreprise et d'ajouter à son premier plan ou d'en retrancher tout ce qu'il jugerait à propos, eu égard à la diversité des lieux et des personnes. Le saint homme le fit avec cette activité qui lui était naturelle quand il s'agissait de l'intérêt des pauvres. La première paroisse où il établit la confrérie de la Charité fut celle de Saint-Sauveur. De là elle se répandit avec tant de rapidité dans les autres paroisses de Paris, qu'il fut aisé d'apercevoir que cette œuvre était du nombre de celles que Dieu prend sous sa protection.

Il y avait environ dix-sept ans que saint Vincent de Paul avait établi les confréries de la Charité en faveur des pauvres malades. Les femmes d'un rang élevé de la société voulurent être agrégées à cette pieuse association. Mais ce qui rendit ces confréries plus brillantes contribua peu à peu à les rendre moins utiles. Les premières dames qui s'y étaient engagées l'avaient fait par choix, et elles servaient les pauvres en personne. Il n'en fut pas ainsi de celles qui les remplacèrent : quelques-unes y entrèrent parce

que c'était la mode ; d'autres agirent par des motifs plus
purs, mais leur position d'épouses et de mères ne leur
laissa pas la liberté dont elles avaient besoin. Les unes
et les autres s'en rapportèrent donc à leurs domestiques
et l'on voyait chaque jour dépérir cet établissement. Pour
remédier à ce désordre on jugea qu'il était nécessaire d'a-
voir des *servantes* qui, uniquement occupées du soin des
pauvres infirmes, leur distribuassent chaque jour la
nourriture et les médicaments selon l'exigence de leurs
maladies. Pour exécuter ce projet il fallait, avant toutes
choses, trouver des personnes qui voulussent s'y prêter ;
il fallait encore, après les avoir trouvées, les former et les
rendre propres à cet emploi, qui demande beaucoup de
capacité et de vertu, et plus de vertu que de capacité.

Plusieurs filles se présentèrent au saint. Il en choisit
trois ou quatre qu'il jugea les plus propres à bien faire ; il
les mit, sur la fin de l'année 1635, entre les mains de
Mlle Legras, que sa charité pour les pauvres consumait.
Elle les reçut, les logea et les entretint dans sa maison, où
elle ne négligea rien de tout ce qui pouvait contribuer à
les rendre capables de ce qu'on attendait d'elles. Ces premières filles, que les besoins pressants des pauvres ne
permirent pas de garder longtemps, édifièrent toutes les
paroisses où on les envoya. Leur modestie, leur douceur, leur empressement à soulager les malades, et la sain-
teté de leur vie, charmèrent ceux qui en furent témoins.
De si beaux exemples frappèrent, et bientôt d'autres jeunes
personnes vinrent s'offrir pour rendre comme elles leurs
humbles services à Dieu dans la personne de ses pauvres.

Voilà quels furent les commencements de cette compagnie de vierges qui, sous le nom de Sœurs de la Charité,
a aujourd'hui plus de quarante maisons dans la seule
ville de Paris. L'intention du fondateur n'avait été d'abord
que d'aider dans les paroisses ceux des malades qui étaient
dépourvus des secours nécessaires ; mais plus tard il chargea ces pieuses filles de l'éducation des enfants trouvés,
de l'instruction des jeunes filles, du soin d'un grand nombre d'hôpitaux, et même des criminels condamnés aux

galères. Comme ces diverses occupations font en quelque sorte d'une seule compagnie plusieurs communautés, le saint prêtre leur prescrivit des règles et générales et particulières pour diriger et soutenir le corps tout entier, et les différentes parties qui le composent. Les constitutions qu'il a dressées à cet effet sont un chef-d'œuvre de prudence et de sagesse.

Quoiqu'elles ne soient, dit-il, ni ne puissent être religieuses cloîtrées, elles doivent cependant mener une vie aussi parfaite que l'est celle des plus saintes religieuses dans leurs monastères; car pour elles, « elles n'ont or- « dinairement pour monastère que les maisons des ma- « lades; pour cellule, qu'une chambre de louage; pour « chapelle, que l'église de leur paroisse; pour cloître, « que les rues de la ville ou les salles des hôpitaux; pour « clôture, que l'obéissance; pour grille, que la crainte « de Dieu; et pour voile, que la sainte modestie. »

Les filles de la Charité ne forment que des vœux simples et ne les prononcent pour la première fois qu'après cinq années d'épreuve. Pour les retenir dans une juste dépendance et leur laisser en même temps tout le mérite d'une pleine liberté, elles ne les font chaque fois que pour un an, et la liberté qu'elles ont d'en sortir n'a presque servi jusqu'à présent qu'à les y attacher par des nœuds et plus constants et plus inviolables.

Ces règlements, après avoir été pratiqués pendant près de vingt années, furent approuvés par l'archevêque de Paris, le cardinal de Retz, et le roi les confirma par ses lettres-patentes en 1659. Cette admirable institution a continué de répandre ses bienfaits pendant l'intervalle de temps qui a vu supprimer les congrégations religieuses, et même pendant les violents orages qui ont exposé ses membres à des persécutions. Rétablie avec une existence légale sous le gouvernement impérial, par le décret du 8 février 1809, elle possède aujourd'hui plus de trois cents établissements en France; elle s'est étendue en Belgique et dans tous les pays voisins, et a envoyé des colonies au delà des mers. Que de milliers de pauvres, de malades, de veuves et d'orphelins doivent aujourd'hui à la charité et à la sagesse de saint Vincent de Paul les secours temporels et spirituels qu'ils reçoivent de ces pieuses filles qui continuent si dignement l'œuvre de leur saint fondateur!

LA FAMILLE GROSSO.

Prix Montyon.

Une pauvre et honnête famille, depuis longues années, soutient de ses deniers et entoure de soins la vieillesse invalide et souffrante d'un colonel espagnol que diverses vicissitudes ont laissé sans fortune et sans asile. Cet officier avait eu, vingt-cinq ans, à son service le nommé Grosso, qui avait fait la guerre sous ses ordres. Dans la vieillesse et l'adversité, son serviteur fidèle ne l'abandonna point. Mais Grosso mourut. Sa femme, son fils crurent de leur devoir de continuer sa tâche: ils s'y dévouèrent avec courage. Chaque mois, le fils apportait tout son gain à sa mère pour faire vivre l'ancien maître de son père. Cependant, voilà que lui aussi, à trente-trois ans, la mort est venue le frapper; et la mère, accablée de tant de coups, est désormais incapable de travail. Deux filles restaient pour porter tout cet héritage de dévouement et soutenir à la fois le vieillard et sa bienfaitrice. Elles sont brodeuses de leur état; elles travaillèrent la nuit et le jour, elles travaillèrent si bien, que l'aînée, atteinte d'une maladie sans remède, cessa de pouvoir payer son tribut. Elle tombait ainsi, avec son hôte et sa mère, à la charge de sa plus jeune sœur. Pétronille Grosso accepte tous les fardeaux que lui envoie la Providence. A force de travail, de privations et de courage, elle suffit à tout. Son courage ne fléchira point. Mais déjà sa santé s'épuise, et quand les voisins, effrayés pour elle, lui offrent les moyens d'acheter des aliments plus solides, elle achète au vieillard quelque surprise qui lui rappelle sa fortune et sa patrie. Quand on lui apporte, dans les rigueurs de l'hiver, des vêtements plus chauds, elle les donne à sa sœur. Sa constance parmi tant d'infortunes semblerait surhumaine si elle ne trouvait dans la religion le seul soutien qui puisse toujours égaler nos forces à nos devoirs et à nos misères. Mais n'admire-t-on pas cette famille que la mort frappe à coups redoublés sans y tarir la source des sentiments généreux! la vertu s'y transmet, comme une succession, au plus proche héritier. Rien n'atteste mieux l'heureuse puissance de l'éducation, et ne fait plus vivement sentir ce que peuvent les pères pour assurer à leurs enfants le trésor des bons sentiments avec celui des bons exemples.

ANTOINETTE LOUIS,

OU L'APPRENTIE RECONNAISSANTE.

Antoinette Louis était orpheline, et n'avait aucune fortune ni aucun moyen, lorsqu'à l'âge de onze ans elle fut recueillie par les demoiselles Vayer, qui avaient connu sa mère, et qui lui firent apprendre l'état d'ouvrière en linge, qu'elles exerçaient à cette époque, et qui alors suffisait à leur existence.

Malheureusement, de ces demoiselles Vayer, l'une, devenue paralytique d'une partie du corps, fut dans l'impossibilité de travailler; l'autre, sourde et muette de naissance, fut encore affligée d'une maladie sur les yeux qui lui en ôta presque tout à fait l'usage. Ces deux sœurs n'eurent plus alors de ressources pour subsister: il leur fallut recourir au bureau de charité; mais tout le monde connaît l'insuffisance de ces secours. Les demoiselles Vayer ne pouvaient pas vivre. Ce fut alors qu'Antoinette Louis, vivement reconnaissante des services qu'elles lui avaient rendus, se détermina à leur consacrer tout son temps et tout le produit de son travail pour les soutenir.

Ce sacrifice si généreux fut même absolu de sa part.

La demoiselle Louis ne vécut plus que pour ses infortunées bienfaitrices.

Elle se réunit à elles, s'occupa de leurs infirmités, travailla à les adoucir, leur prodigua les soins les plus assidus, les assista de tous les moyens qui dépendaient d'elle, s'imposa même toutes les privations qui pouvaient ajouter encore à ces moyens, et confondit pour ainsi dire son existence avec la leur propre.

Ce zèle religieux de la demoiselle Louis pour les demoiselles Vayer, ce sentiment tendre, cette piété active, remontent à l'année 1805, et ne se sont pas démentis un seul instant depuis cette époque.

Sans doute il n'y a qu'une grande vertu, et une vertu même appuyée sur la religion, qui puisse inspirer de pareils efforts. On peut faire du bien un moment, on peut en faire par intervalles, on peut en faire qui exige quelques sacrifices : il y en a, heureusement pour l'humanité, des exemples sans nombre; mais en faire toujours, à tous les instants de la vie, sans se lasser, sans perdre courage, et en se sacrifiant tout entier et perpétuellement soi-même à ceux dont on embrasse le malheur, voilà ce qui est extrêmement rare, ce qui n'appartient qu'à la religion, et ce que la religion elle-même n'obtient que de ces âmes privilégiées qui ne connaissent que sa puissance et n'ont d'autre guide que sa bonté.

LA BONNE NOURRICE.

Une bonne nourrice donna un exemple touchant de tendresse pour son nourrisson. Elle se nommait *Pierrette Piltoz*, était laitière et demeurait à Besançon. Ayant été chargée d'allaiter l'enfant d'une famille de la ville, il fallut le rendre à ses parents quand le terme de la nourriture fut arrivé, et alors elle versa bien des larmes, car elle s'était attachée à cet enfant et le regardait comme le sien propre. Bientôt elle apprit que le père, qui était commerçant, avait fait de mauvaises affaires, qu'il était ruiné, que ses créan-

ciers le poursuivaient, et qu'il avait disparu, abandonnant
sa famille. Aussitôt elle accourt, elle cherche son nourrisson, et, le trouvant dans un état déplorable, elle le prend,
le serre dans ses bras, le couvre de baisers et l'emporte à
sa chaumière. Depuis ce temps elle et son mari parta-
gèrent avec cet enfant le pain qu'ils gagnaient à la sueur
de leur front ; et ils ne l'appelèrent jamais que leur enfant,
leur cher enfant.

L'OUVRIER BIENFAISANT.

Le bonheur de faire du bien aux pauvres n'est pas seulement réservé aux riches de la terre.

Un honnête ouvrier vivait avec économie du travail de
ses mains et nourrissait, outre sa femme et trois enfants,
une sœur qu'il avait appelée près de lui. Toute la semaine
on le voyait actif et laborieux dans son atelier, et l'on entendait sans cesse le bruit de son marteau sur l'enclume ;
mais le dimanche, après avoir assisté aux offices de l'é-
glise, il se livrait au repos, et le soir il avait l'habitude de
se réunir à quelques amis, honnêtes ouvriers comme lui,
et de dissiper une petite somme d'argent à faire avec eux
à frais communs une petite collation. Le repas fini, chacun
s'en retournait content, pour reprendre, le lendemain, son
travail accoutumé.

Un soir, sortant de cette réunion et au moment de ren-
trer chez lui, l'honnête artisan vit auprès de sa porte une
malheureuse femme appuyée sur une borne, succombant
à sa faiblesse et paraissant près de périr de besoin. L'infortunée venait d'un pays lointain : elle avait espéré trouver dans Paris des ressources et du pain ; mais elle n'y
trouvait qu'une pauvreté plus grande et des cœurs insen-
sibles.

Frappé de ce spectacle, le bon ouvrier s'empressa de
prodiguer à cette femme tous les soins qui pouvaient lui
être nécessaires ; il la ranima et lui fit prendre quelques
aliments. Mais se reprochant en même temps, à la vue

d'une si grande misère, la dépense qu'il venait de faire pour son plaisir, il prit la résolution d'employer à l'avenir à faire du bien aux pauvres l'argent qu'il avait jusque-là consacré à ses amusements. Dès cet instant il cessa de se réunir à ses compagnons de plaisir, et tous les dimanches il soulageait quelques malheureux avec l'argent qu'il dépensait auparavant dans leur société. Au lieu de se joindre à eux, il restait dans le sein de sa famille, vivant ces jours-là plus content dans sa retraite et au milieu des jeux de ses enfants, que dans ses fêtes d'autrefois.

LA JEUNE OUVRIÈRE.

Une jeune fille âgée de vingt-un ans vivait avec peine du travail de ses mains, comme couturière. Ayant été affligée par des maladies qui pendant quelque temps interrompirent ses occupations, elle fut obligée de se retirer dans un réduit misérable, au cinquième étage d'une grande maison. On fut informé de sa détresse, et un membre d'une société de bienfaisance s'étant rendu chez elle pour prendre des renseignements sur ses besoins, lui fit entendre qu'on était disposé à venir à son secours. « Hélas! monsieur, dit-elle, je ne demande rien ; jusqu'à présent mes ressources ont suffi à mes besoins : j'avais quelques économies que j'ai épuisées, il est vrai; mais voici la santé qui revient, mes forces se raniment un peu, et avec les forces je retrouverai le travail qni me fait vivre. Gardez vos secours; je croirais faire un larcin si j'acceptais une aumône nécessaire à des gens plus malheureux que moi, et il y en a beaucoup qui le sont davantage. »

LE PETIT COLPORTEUR.

Les grandes fortunes ont souvent de faibles commencements, de même que les grands fleuves se forment de petits ruisseaux. Il n'y a point de capital, si médiocre qu'il soit, que le travail ne fasse fructifier.

Un jeune garçon de quinze ans parcourait la campagne chargé d'une pacotille de menues marchandises ; il allait de village en village, de maison en maison, étalant sa petite boutique et portant toute sa fortune avec lui... Arrivé à un château où demeuraient de riches seigneurs, il fut introduit dans le salon, et là, au milieu de personnes richement habillées, il vit de l'or étalé sur des tables où l'on jouait. A la vue de tant de richesses, ce pauvre enfant qui n'en avait jamais tant aperçu ne put s'empêcher de s'écrier : *Oh ! mon Dieu, si j'avais seulement deux louis je ferais ma fortune.* La maîtresse du château était une femme charitable ; elle se servait de sa richesse pour faire du bien aux pauvres ; et, frappée de la physionomie du jeune garçon, elle lui demanda ce qu'il ferait de ces deux louis... Celui-ci expliqua alors ses projets : comme il achèterait des marchandises, comme il les revendrait, et les bénéfices qu'il pourrait faire en vivant avec ordre et avec économie. « Eh bien, lui dit la dame, voici deux louis ; fasse le ciel qu'ils fructifient dans vos mains... »

Dix années s'écoulèrent, et cette bonne dame était loin d'avoir conservé le moindre souvenir de cet événement, lorsqu'un jour se présente à l'entrée du château un marchand dont tout l'attirail annonçait l'aisance. Il était monté sur un bon cheval, et derrière lui venait une lourde charrette attelée de trois chevaux et chargée de marchandises. Il fit demander si l'on ne voulait rien acheter ; et comme on lui répondit que non, il pria qu'on lui permît au moins de saluer la maîtresse du logis. On l'introduisit donc auprès d'elle, et, s'étant avancé avec une belle pièce d'étoffe à la main, il la pria de vouloir bien l'accepter. « Monsieur, lui dit la dame, vous savez que je vous ai fait dire que je ne voulais rien acheter. Aussi, madame, répondit-il, mon intention n'est pas de vous la vendre ; et je serais trop heureux si vous vouliez bien la recevoir : elle vous appartient, c'est une restitution que je vous fais. Comment... que voulez-vous dire ? reprit la dame étonnée. Vous rappelez-vous, dit-il alors, un jeune garçon de quinze ans que vous avez accueilli dans votre château il y a dix ans environ, et auquel vous avez donné deux louis qu'il regardait comme pouvant faire sa fortune? Ce jeune garçon, c'est moi... Votre générosité m'a porté bonheur ; les deux louis en ont produit d'autres : je suis riche maintenant, et c'est à vous que je le dois. »

La dame et les personnes qui se trouvaient en sa compagnie furent émerveillées de cette aventure; on félicita beaucoup le marchand, et chacun tomba d'accord que ces deux louis, qui avaient si bien prospéré entre ses mains, auraient été bientôt dissipés dans celles d'un homme paresseux ou débauché.

LA CHAUMIÈRE DU PAUVRE

Le riche se plaint le plus souvent de n'avoir pas assez ; il est pauvre au milieu même de son opulence. Le pauvre, accoutumé à vivre de peu, est riche de sa simplicité et de sa modération.

Un vieillard habitait, près d'un village, une chaumière entourée de quelques arpents de terre. Là il avait coulé sa vie, cultivant son terrain et taillant ses arbres : content de ce que le ciel lui avait donné en partage, il n'avait jamais porté envie à l'opulence du riche qui habitait le château voisin, ni désiré ses parcs superbes et ses vastes domaines.

Il n'en était pas de même du riche : les arbres du pauvre avec leurs longs rameaux tout chargés de fruits obstruaient la vue de son parc et gênaient ses alignements; et ses regards étaient choqués de voir cette cabane à l'entrée de son château; il fit venir le vieillard. « Mon ami, lui dit-il, sais-tu bien que ta fortune est faite? — Il est vrai, monsieur; le bon Dieu, mes deux bras et mon champ ne m'ont jamais laissé manquer de rien. J'ai travaillé longtemps; aujourd'hui je me repose, mais mon fils laboure mon champ; c'est lui qui me nourrit, afin que ses enfants le nourrissent à leur tour. — Fort bien ; mais il s'agit de me vendre ta cabane. — Ma cabane! y songez-vous? c'est le père de mon grand-père qui l'a bâtie ; c'est là qu'est mort mon père, c'est là que je suis né, elle est plus ancienne que votre château. — Allons, allons, il faut y consentir, je paierai largement : il ne manque pas de maisons dans le village. Monsieur, répondit le vieillard, toutes les richesses ne valent pas contentement ; ce que j'ai me suffit. Mon père n'était pas plus riche et s'en contentait bien : mes enfants feront comme moi et n'en seront pas plus malheureux. Quant à cette maison, je vous l'ai dit : j'y suis né, les miens y sont morts, j'y veux mourir aussi. J'ai quatre-vingts ans passés, et ce n'est pas pour ce peu qui me reste de vie que je veux quitter ces vieux arbres sous les ombrages desquels je me suis reposé si longtemps... » Le riche insista, mais le vieillard fut inflexible. Il se retira bientôt, laissant le riche confondu. Il semblait à ce dernier qu'il fût plus pauvre que ce malheureux qu'il avait toujours regardé avec pitié.

LA VIEILLE INDIGENTE.

Les anciens d'une paroisse, chargés de faire une collecte pour le soulagement des pauvres et d'en faire la distribution, entrèrent chez une vieille femme pour l'inscrire au nombre des infortunées qui avaient droit à la charité publique. Ils la trouvèrent dans une petite chambre obscure où tout annonçait une extrême indigence. Elle était occupée à tourner son rouet : quelques chaises, une table à demi brisée formaient l'ameublement de ce pauvre réduit.

Lorsque cette bonne femme fut instruite du dessein des collecteurs, elle se leva, et prenant une petite pièce de monnaie soigneusement enveloppée : « Voici, dit-elle, ce qui me reste de la vente de mon fil ; c'est bien peu, mais je ne puis faire davantage. Il y en a de plus pauvres que moi ; recevez ce faible secours. Je ne veux pas que mon nom soit sur votre liste ; tant que j'aurai un morceau de pain et assez de force pour tirer de l'eau au puits voisin, je ne veux pas qu'il soit dit que j'ai dérobé la subsistance du malheureux qui manque de tout. »

GRAND DÉVOUEMENT. — DACHEUX.

Prix Montyon.

Dacheux est né à Dieppe. Entré d'abord comme marin au service de l'État, Dacheux a ensuite habité quelque temps en qualité de colon l'île de Saint-Domingue, où il avait quelque fortune qu'il a perdue, et il est venu, il y a plusieurs années, se fixer dans le département de la Seine, et résider dans la commune de La Villette.

C'est là qu'il a découvert ce qu'on pourrait appeler en quelque sorte sa vocation, c'est-à-dire le besoin ardent de secourir les malheureux et de sauver leur vie, quand ils étaient exposés à la perdre, aux dépens même de la sienne.

Ce besoin, en effet, il l'a satisfait dans une infinité d'occasions.

Il est prouvé par les attestations les plus authentiques que, dans le seul bassin de La Villette, le brave Dacheux a retiré de l'eau un grand nombre de personnes qui y étaient tombées, et les a rappelées à la vie par les soins qu'il leur a donnés.

Il en a repêché un grand nombre d'autres dans la Seine, qu'il a également rappelées à la vie par les mêmes soins.

Il en a sauvé ainsi plus de cent, en s'exposant souvent à de grands périls ; et quoique l'imagination elle-même en soit pour ainsi dire confondue, les preuves en sont incontestables et n'admettent pas seulement de doute.

Et ce qui est également prouvé, c'est que non-seulement le digne Dacheux n'a jamais voulu recevoir d'aucun de ces asphyxiés nulle espèce de rétribution ni aucune marque de reconnaissance, mais qu'au contraire il leur prêtait quelquefois ses propres vêtements, et leur donnait même encore des secours.

C'eût été au reste beaucoup pour tout autre que le sieur

Dacheux, que ce courage de s'élancer ainsi dans les flots pour en retirer les personnes qui y étaient tombées, d'affronter les périls d'une telle entreprise, de les surmonter même à force d'exposer sa vie; mais pour l'honnête Dacheux, ce courage ne suffisait pas à l'ardeur de ce sentiment profond d'humanité qui l'emportait comme malgré lui et disposait de toutes ses facultés. Sur le rivage même, et au moment où le corps de l'asphyxié y était déposé, le brave Dacheux, collant sa bouche contre celle de l'asphyxié, soufflait dans ses poumons un air pur qui rétablissait le mouvement de ses organes, et rappelait la vie presque éteinte de l'infortuné.

Certes c'est là un dévouement dont le caractère est au-dessus de toute espèce d'appréciation et dont on ne peut pas calculer l'effort; c'est le triomphe de l'humanité; c'en est pour ainsi dire le beau idéal.

On cherche quelle pourrait être l'espèce de récompense qu'il serait convenable d'assigner à un dévouement semblable, on n'en trouve pas.

On est forcé malgré soi de respecter la grandeur d'un tel sacrifice.

On craindrait pour ainsi dire d'en affaiblir l'honneur par des récompenses.

Une vertu si élevée, et qui en même temps a des racines si profondes, ne peut trouver son prix qu'en elle-même.

Et cependant une chose qui ajoute encore à cette vertu, quelque étonnante qu'elle puisse être, c'est que pour la rendre en quelque sorte inutile, et pour qu'il fût possible de remplacer, dans les secours à donner aux asphyxiés par immersion pour les rappeler à la vie, l'incroyable travail que le digne Dacheux ne craignait pas de faire lui-même dans le même objet, la passion de l'humanité lui a fait par de profondes combinaisons perfectionner une pompe destinée à le suppléer lui-même, en introduisant par la bouche dans le corps des asphyxiés un air doucement échauffé d'avance au degré de la température humaine, et qui rend de cette manière aux poumons l'élasticité de leurs mouvements.

Ainsi, par l'adoption de ce mécanisme, l'ingénieux et dévoué Dacheux a pu espérer de suppléer à force d'art à ces secours bienfaisants qu'il avait le généreux courage de donner à ce genre de malheur, mais qu'on pouvait désespérer de voir imiter.

Un service de cette nature, un service aussi immense, aussi fécond dans ses résultats, aussi utile à l'humanité, n'est-il pas au-dessus de toutes les récompenses?

Les peuples anciens s'étaient sentis eux-mêmes dans l'impuissance de les payer, ces services.

Le peuple romain n'avait trouvé qu'une couronne de chêne à poser sur la tête de celui qui avait sauvé un homme.

Si on en avait sauvé plusieurs, ce peuple célèbre ajoutait à la couronne des monnaies ou des médailles avec cette devise fameuse : *Ob cives servatos.*

Mais cette couronne, ces monnaies, ces médailles, c'était de la gloire.

Cette gloire n'est pas non plus étrangère au courageux Dacheux.

Une médaille lui a été décernée.

Des dons lui ont été accordés aussi.

M. Dacheux est un père de famille, il n'a aucune fortune ; il a, à la vérité, une place, et qui était bien la seule qui pût lui convenir, celle de préposé à la surveillance des boîtes de secours aux noyés et aux asphyxiés; mais un traitement très-médiocre est attaché à cette place ; aussi n'a-t-il pu s'établir que dans une cabane qu'on lui a permis de construire sur le port Saint-Nicolas, et d'où, toujours semblable à lui-même, il épie en quelque sorte, à chaque moment orageux ou seulement menaçant, tous les accidents qui peuvent réclamer son zèle, pour y remédier sur-le-champ.

LE CURÉ CHARITABLE.

Parmi les curés de Paris, chez qui les malheureux trouvent tant de ressources, on distinguait il y a quelques années M. Léger, curé de Saint-André-des-Arcs, dont on peut faire l'éloge en deux mots : *Il a passé sa vie à faire du bien.* Il n'était pas rare de voir enlever son dîner de sa table pour être porté à des malades qui manquaient de bouillon et à de pauvres femmes en couches. Il se privait même du nécessaire, et, s'il est vrai qu'il n'y a point de détails de bienfaisance qui soient trop petits pour la sensibilité, il doit être permis de raconter que, dans un hiver très-rigoureux, les sœurs de la Charité de sa paroisse, lui ayant représenté qu'il était à peine vêtu avec une soutane usée, le forcèrent, pour ainsi dire à se couvrir par-dessous d'une camisole de laine. Le soir même il ne l'avait plus. Comme on l'en grondait, « J'ai trouvé, dit-il, dans un grenier un homme qui était nu ; je lui ai donné ma camisole, et j'ai eu assez de ma soutane. »

FIN.

TABLE.

FIN DE LA TABLE.

Imprimerie Bonaventure et Ducessois, 55, quai des Grands-Augustins.

CHEZ TOUS LES LIBRAIRES

on peut se procurer séparément les ouvrages de la

BIBLIOTHÈQUE POUR TOUT LE MONDE

RELIGION, MORALE,
SCIENCES ET ARTS, INSTRUCTION ÉLÉMENTAIRE,
HISTOIRE, GÉOGRAPHIE, ETC.

TITRES DES OUVRAGES

Numéros:

1	Alphabet (*avec* 100 *gravures*).	27	Histoire du moyen âge.
2	Civilité (2 *livre de Lecture*).	28	— moderne.
3	Tous les genres d'Écriture.	29	— de la découverte de l'Amérique.
4	Grammaire de Lhomond.	30	— de France.
5	Le mauvais Langage corrigé.	31	— de Paris.
6	Traité de Ponctuation.	32	— de Napoléon.
7	Arithmétique simplifiée.	33	Tablettes universelles.
8	Mythologie.	34	Le Monde à vol d'oiseau.
9	Géographie générale.	35	Robinson raconté en famille.
10	— de la France.	36	Merveilles de la Nature.
11	Statistique de la France.	37	Découvertes et Inventions.
12	La Fontaine (*avec notes*).	38	Erreurs et Préjugés.
13	Florian (*avec notes*).	39	Le Bonhomme *Parce que* et son voisin *Pourquoi*.
14	Esope, etc. (*avec notes*).		
15	Lecture pour chaque Dimanche	40	Histoire Naturelle
16	Morceaux de Littérature: *Prose*.	41	Géologie
17	— — *Vers*.	42	Astronomie — avec gravures.
18	Art poétique (*avec notes*).	43	Physique amusante
19	Morale en action.	44	Chimie amusante
20	Franklin (*œuvres choisies*).	45	Tenue des Livres simplifiée.
21	Les Hommes utiles.	46	Géométrie
22	Les bons Conseils.	47	Algèbre — avec gravures.
23	Histoire ancienne.	48	Arpentage
24	— grecque.	49	Dessin linéaire
25	— romaine.	50	Poids et Mesures.
26	— sainte.		

Bibliothèque pour tout le monde! — Pour que cette Bibliothèque justifie son titre et qu'une place lui soit donnée dans toutes les familles; —pour qu'elle soit réellement *élémentaire*, *instructive*, il faut que, TOUTE d'instruction, elle ne s'occupe que de sujets religieux, moraux ou scientifiques : — il faut aussi que son prix *extraordinairement bas* en rende l'acquisition très-facile *à tout le monde* : tel est notre but.

CHAQUE OUVRAGE SE VEND SÉPARÉMENT.

Imp. Bonaventure et Ducessois.

www.ingramcontent.com/pod-product-compliance
Ingram Content Group UK Ltd.
Pitfield, Milton Keynes, MK11 3LW, UK
UKHW022309120726
13694UKWH00003B/1340